바우덩이

여태동 글 ― 유시연 그림

중앙 청소년문고

조선 최초의 여성 꼭두쇠

바우덕이

(주)중앙출판사

차례

제1장
불당골 남사당패 '꽃오름'

"덩~ 덩~ 쿵더쿵, 둥 둥 둥 둥, 징~~"

"덩~ 덩~ 쿵더쿵, 둥 둥 둥 두둥, 지잉~"

"야, 삐리(재주를 배우고 있는 초보 광대) 너희들, 똑바로 못 치겠어? 반 박
자가 늦잖아. 자 다시 해 보자고."

삐리들이 자꾸 박자를 놓치자 꼭두쇠(남사당패의 우두머리) 덕수 어른
의 목소리가 높아졌다. 이대로 가다가는 풍물 연습 시간이 한참
이나 길어질 것 같다. 그래도 덕수 어른은 연습이 끝나면 언제 그

랬냐는 듯 우리 단원들을 따뜻하게 대해 주니 다들 혼나더라도 크게 신경 쓰지 않았다.

날마다 치는 꽹과리, 장구, 북, 징이지만 날마다 다른 소리를 낸다고 한다. 우리 같은 신출내기 삐리들은 모르지만 뜬쇠(연희의 분야별 대장) 정도 되면 들을 수 있다고 한다.

몸에 땀이 날 때까지 악기를 치면 기분이 좋아진다. 어떨 때는 온 몸이 붕 떠서 하늘을 날아다니는 것만 같았다. 그때 기분은 말할 수 없을 만큼 황홀하다.

여기는 안성 불당골이다. 우리 마을에서는 풍물 소리가 그치지 않는다. 이곳에 조선 최고의 남사당패(조선 시대에 전국을 돌며 공연을 하던 놀이패) '꽃오름'이 있기 때문이다.

"자, 오늘 연습은 여기까지 하자."

꼭두쇠 덕수 어른의 명령이 떨어졌다. 마을 촌장까지 겸하고 있는 덕수 어른은 불당골의 꼭두쇠이자 최고 어른이다. 불당골에는 어른이 한 분 더 계신다. 청룡사 주지 괄허 스님이다. 청룡사는 우리 꽃오름의 본부나 다름없다. 어떤 사람은 법당에서 명상을 하면서 마음을 고요히 가라앉히기도 하고, 어떤 사람은 식당에서 큰 소리로 장단 연습을 하며 밥 짓는 일을 거들기도 한다. 어떤 이는 쉼터인 지대방에 드러누워 낮잠을 즐기기도 한다.

마을 사람들은 공연을 나가기 전에 반드시 부처님 앞에서 '우리 공연을 잘 보살펴 달라'는 내용을 적어 기도를 한다. 그때 청룡사 주지 괄허 스님이 좋은 말씀도 해 주신다.

절에서는 '신표(信標)(전국 어느 곳이나 갈 수 있는 통행 허가증)'를 만들어 준다. 전국을 떠돌며 공연을 하는 사당패에게 신표는 아주 중요한 것이다. 청룡사 주지 스님의 도장이 찍힌 이 신표가 없으면 공연을 못하기 때문이다. 그런 힘을 가지고 계시는 스님인지라 매우 엄격할 것 같지만 사실은 그렇지 않다.

한번은 절에 갔더니 스님이 나를 불렀다.

"선재야, 절은 말이다. 부처님이 계시는 곳이야. 그 분이 누구냐. 우리의 마음속에 있으면서 모든 것을 훤히 내려다보는 분이야. 그러니 선재 너도 절에 오면 항상 부처님께 인사하는 것을 잊지 말아야 한다."

여기까지는 늘 듣던 말이었다. 나는 문득 궁금한 것이 생겼다.

"스님, 왜 꼭 절은 세 번 해요?"

스님은 미소를 지었다.

"궁금하냐?"

"네."

"자, 그럼 설명해 줄 테니 내 방으로 따라 들어오너라."

스님을 따라 방에 들어가자 대뜸 말씀하셨다.

"너 동무들이랑 가위 바위 보 할 때 몇 번 하느냐?"

"세 번이요."

"그러니 부처님한테도 세 번 절을 하는 거란다."

"아이, 스님도 참…. 그런 게 어디 있어요."

"어디 있긴 이 녀석아. 여기 청룡사에 있지."

이렇게 말씀하시고는 껄껄 웃으셨는데 그 모습이 개구쟁이처럼 보였다. 스님은 보물창고를 여시더니 곶감과 유과를 꺼내 슬그머니 나에게 건네주었다.

"너 올해 몇 살이냐?"

"열두 살입니다."

"그래, 너도 불당골에 온 지 벌써 십 년이 다 되었구나. 그동안 재주는 많이 배웠느냐?"

가슴이 뜨끔했다. 나름대로 열심히 배웠는데 아직 초보 단계인 '삐리'를 못 벗어났으니 말이다.

"더욱 열심히 하겠습니다, 스님."

"그래, 그래야지. 그리고 왜 법당에서 세 번 절을 해야 하는지 진짜 이유를 말해 줄까?"

"예, 스님."

"법당에서 세 번 절하는 이유는 부처님, 부처님의 가르침 그리고 그 가르침을 따르는 분들에게 존경의 뜻을 나타내는 거란다. 우리도 이곳에서 그런 마음을 가지고 살고 있지 않느냐? 그러니 법당에서 세 번 절을 해야 하는 것이다. 알겠느냐?"

"네, 스님."

주지 스님 방을 나오는데 왠지 기분이 좋았다. 맛보기 힘든 귀한 음식을 먹은 것도 그렇지만 주지 스님이 나에게 관심을 가지고 있다는 것이 더욱 들뜨게 했다.

절을 내려오며 곶감을 입에 물었다. 입 안에 단맛이 가득 퍼졌다. 입 속 단맛처럼 겨울 내내 꽁꽁 얼었던 추위도 점점 사라지고 살랑살랑 봄바람이 얼굴에 스쳤다.

'올해는 더 열심히 연습해서 한 단계 올라서고 말 거야!'

불당골 남사당패 꽃오름은 역할에 따라 계급이 있다. 가장 높은 어른은 마을의 정신적 지주이신 청룡사 주지, 괄허 스님이다. 그 다음이 마을 촌장이자 꼭두쇠인 덕수 어른, 그 밑으로 곰뱅이쇠(꼭두쇠 아래에서 기획을 담당한다), 뜬쇠(각 연희의 선임자), 가열(기능자), 삐리(초입자) 순이다.

단원들은 가끔씩 청룡사 법당에 모여 주지 스님에게 말씀을 듣는데, 스님은 열두 살인 나도 척척 알아들을 수 있을 정도로 쉽게 알려주신다.

"우리 불당골 가족들은 같은 운명을 가진 사람들입니다. 그러면 어떻게 살아야 할까요? 촌장님이 한번 말씀해 보시겠습니까?"

"우리들은 한 몸이나 다름없으니 당연히 떡 한 조각이라도 함께 나눠 먹어야지요."

"그렇습니다. 떡 반 조각이라도 나눠 먹어야 합니다."

"그런데 우리같이 천한 사람들은 먹을 게 너무 없어 걱정입니다. 스님."

공연하러 갈 때든 마을에서든 사람들을 기분 좋게 웃겨 주는 덕만 아저씨가 말했다.

주지 스님이 빙긋 웃으며 말을 되받았다.

"나누는 것은 먹을 것이 많아야 할 수 있는 건 아닙니다. 그렇다면 양반들이 가장 잘 나눌 수 있다는 말이 됩니다. 여러분, 양반들이 서로 나누면서 살아가던가요?"

"아이고, 스님. 말도 마세요. 우리가 공연 나가면요 식은 보리밥 한 그릇에 물 말아서 주는 것도 아까워한다고요. 물론 다 그런 것은 아니지만, 대체로 양반들은 가지고 있는데 더 가지려고 하는 것 같아요. 꼭 구십아홉 냥의 은전을 가지고 있으면서 어디 은전 한 닢 없나 하면서 백 냥을 채우려고 한다니까요."

"예, 잘 보셨습니다. 덕만 아주머니."

괄허 스님이 계속 말했다.

"우리는 마음을 나누어야 합니다. 마음을 나눈다는 게 뭡니까? 정을 나눠야 한다는 것이지요. 내 아들, 내 딸과 이웃집 아들과 딸을 똑같이 내 가족이라 생각하는 것입니다. 여러분, 가진 사람이라고 양반들을 미워하는 마음을 가져서도 안 됩니다. 가진 것이 많은 사람들이 은혜를 베풀면 그 혜택을 받을 수 있는 사람이 훨씬 많아진다는 것을 그들도 언젠가 알게 되겠지요. 그렇게 되려면 우리부터 남을 미워하는 마음을 가져서는 안 됩니다. 우리부터 실천하다 보면 그 마음이 부자들에게도 옮아 갈 것입니다. 마치 겨울에 고뿔(감기의 옛말)이 이 집 저 집 잘도 퍼지듯이 말입니다."

사람들은 고뿔이 퍼진다는 말에 "풋" 하고 웃음을 터트렸다. 이곳저곳에 키득키득 웃음소리가 퍼져나갔다. 뒤에 서 있던 한 사람이 박수를 쳤다. 그러자 여러 사람들이 동시에 박수를 쳤다. 스님은 더 편안하게 말씀을 이어갔다.

"올봄에도 공연을 하려면 힘이 많이 들 겁니다. 그때마다 각자의 일을 솔선수범하고 옆 사람의 일을 조금씩 도와주세요."

우리 불당골 사람들은 스님을 진심으로 존경한다.

지난 보릿고개 때였다. 보릿고개는 유난히도 혹독했다. 먹을 것이 풍족하지 않은 불당골 사람들에게는 더 그랬다. 집집마다 곡식 항아리 밑바닥이 드러난 지 오래였다. 그래도 마을 사람들은 식사 때가 되면 아궁이에 불을 지폈다. 굴뚝에 연기가 나는 것을 보고 이웃은 밥을 해 먹는 것으로 알기 때문이다. 서로에게 피해가 갈까 봐 사람들은 불을 지폈다.

이 사실을 청룡사 주지 스님과 촌장 어른이 모를 리 없었다. 괄허 스님은 청룡사 곳간 깊숙한 곳에 비상용으로 저축해 놓은 보리쌀 다섯 말을 꺼내 주었다. 청룡사 스님들이 하루 한 끼만 먹으면서 모아놓은 것이었다.

"촌장님, 나이가 제일 많은 어른을 모시는 집부터 골고루 나눠 주세요. 아이가 많은 집은 몇 홉(주먹으로 집어 나타내는 분량) 더 얹어 주시고요. 청룡사도 이게 마지막 양식입니다."

"스님, 이렇게 번번이 신세만 져서 죄송합니다. 올해는 더 열심히 공연해서 부처님께 더 많은 공양을 올리도록 하겠습니다."

"원, 별 말씀을. 나누는 게 부처님의 가르침인 걸요."

스님은 보릿고개뿐 아니라 마을의 어려운 일들에 귀를 기울였기 때문에 모두 존경할 수밖에 없었다. 우리 집도 보리쌀 두 되를 받았다. 두 달을 지내려면 턱없이 부족한 양식이었다. 그래서 보리쌀을 아주 조금 붓고 물을 섞어 양을 늘린 죽을 먹었다. 그나마

허기를 달랠 수 있었다.

불당골 사람들이 많이 하는 소일거리는 짚으로 공예품을 만드는 것이다. 그 중 가장 큰 일은 짚을 이용해 멍석을 만드는 것이다. 멍석을 만들기 위해서는 어른 서너 명이 며칠 밤을 꼬박 새야한다. 사람들은 직접 만든 멍석을 마당에 펴고 그 위에서 식사도하고 이야기도 나누었다. 공연에서 돌아오는 가을철에는 온 마을 사람들이 멍석을 넓게 펼쳐 놓고 잔치를 벌이기도 했다.

멍석을 만들 때는 집집마다 새끼를 꼬는 소리가 "서그렁, 서그렁" 났다. 어디 새끼 꼬는 소리뿐일까. 조선 최고의 사당패가 있는 곳이니 노래도 끊이지 않았다. 누군가 장단을 맞추기 시작하면 구수하게 한 자락 노래를 하면서 고된 일을 잠시 잊어 갔다.

"노~세, 노~세, 갱~마 쿵쿵 노~세

눈 먼 새도 아니 오네, 갱~마 쿵쿵 노~세."

흥에 겨운 뒷집 승만 아저씨는 장단에 맞춰 나무를 탕탕 치다가 아예 새끼 꼬는 일을 멈추고 덩실덩실 춤을 춘다.

"허허, 이 사람. 벌써 공연이 그리운 게야?"

"예, 형님. 올해는 웬일인지 모든 게 잘 될 것 같습니다."

"그래, 즐거운 생각을 하면 그렇게 된다고 청룡사 스님께서 말씀하셨네. 허허허."

마을 사람들은 몇 달 동안 각자 집에서 만든 멍석과 짚신, 지게 등을 청룡사 마당에 잔뜩 펼쳐놓았다. 이 중 일부는 마을 사람들이 공동으로 사용할 것이고, 나머지는 안성 장에 내다 팔아 부족한 양식을 사 올 계획이다.

"고생들 했네. 고생들 했어."

고단한 하루하루지만 마을 사람들은 서로를 위로하고 격려했다.

몇 말의 보리쌀을 마을 사람들과 나눌 때는 입춘(24절기 중, 첫 번째 절기로 양력 2월 4일 쯤) 무렵이다. 봄이 시작된다지만 아직도 마을 앞 논에 있는 얼음조차 녹지 않았다. 아이들은 얼음을 지치며 신 나게 놀았지만 어른들은 배가 고파진다며 방 안에 앉아 필요한 일만 했다. 그래도 풍물 연습은 빼먹지 않았다.

"더~엉 더덩, 두~웅 둥둥."

직접 악기를 들고 연습을 하지 않을 때에도 입으로 장단을 흥얼거리며 조선 제일 남사당패인 '꽃오름'의 명성에 피해를 주지 않겠다는 각오가 대단했다. 나도 작년 겨울에는 북을 잘 치기 위해 나무 북채를 열 개는 족히 부러뜨린 듯하다.

2월이 되니 마을이 시끄러워졌다. 공연 나갈 때가 다가왔기 때문이다. 준비할 것은 많지만 마을 사람들이 제일 먼저 하는 일은 부처님 오신 날을 맞아 법당에 달 연등 만드는 작업이다. 두어 달이 남았지만 연등 만드는 정성이 많이 들어가 2월부터 시작하곤 했다. 오색 연등이 하나둘 법당에 걸리면 불당골 꽃오름패의 마음도 울긋불긋 설렌다.

제2장
다섯 살배기 바우덕이

완연한 봄이 왔다. 초파일도 이틀이나 지났으니 이제 제비가 돌아올 만큼 포근해졌다. 양지바른 들에는 제비꽃이 새싹을 뾰족이 내밀었다.

마을을 한 바퀴 돌고 절에 올라가 보니 청룡사 주지 스님의 움직임이 유난히 바빠 보였다. 이런 날에는 꼭 새 식구가 들어오곤 했다. 내 예감은 적중했다. 절 안으로 누가 들어가고 있었다. 아버지, 어머니, 그리고 딸 이렇게 세 명이다. 대게 절에 들어오는 사람들 중에는 아버지나 어머니 한 쪽이 돌아가셔서 입 하나라도 덜기 위해 찾아오는 경우가 많은데 좀 이상했다. 무슨 일인지 궁금해 절 안으로 살짝 들어가 귀를 쫑긋 세웠다.

"어서 오세요."

주지 스님은 절에 오는 사람들을 따뜻하게 맞이했다.

"저는 안성 배나무골에서 온 김칠복입니다. 옆에는 제 아내 서말분이고요."

잠시 머뭇거린 칠복 아저씨는 딸로 보이는 어린아이를 소개했다.

"이 아이는 바우덕이라고 합니다."

"따님인가요?"

"아닙니다."

한참 동안 방 안이 조용했다. 칠복이 아저씨와 함께 온 말분이 아주머니가 잠시 후 입을 열었다.

"저, 스님. 이 아이를 여기에 데려온 이유는…."

주지 스님이 아주머니의 말을 가로막았다.

"예, 압니다. 그렇게 하시지요."

"예?"

주지 스님의 목소리는 차분했다.

"이웃집 아이의 부모가 돌아가신 게지요. 저 아이는 고아가 되었고요. 어려운 살림에 아이를 맡아보지 못해 데려오신 것 아닙니까. 저 아이 눈매를 보니 제 아비를 꼭 빼 닮았습니다."

"스님, 저 아이를 아십니까?"

"배나무골 김끝쇠 꼭두쇠 님의 따님이지요?"

"아니, 어떻게 그것을….”

칠복 아저씨와 말분 아주머니는 깜짝 놀랐다.

"거사 님이 속한 패는 불당골 남사당패 꽃오름같이 큰 남사당패는 아니었지요. 전에 그분을 만난 적이 있습니다. 장터에서 줄타기를 하는데 어찌나 솜씨가 뛰어나던지….”

칠복이 아저씨가 말을 받았다.

“그럼요. 저 아이 아비는 불당골에 들어와 단원이 되어도 아무 손색이 없었을 겁니다. 비록 작은 유랑극단에서 꼭두쇠를 맡긴 했지만 재주 하나만은 모두가 알아주었지요. 줄타기면 줄타기, 꽹과리면 꽹과리, 북, 징, 소고까지 못 다루는 것이 없었어요. 주변에서는 큰 남사당패를 만들어도 충분하다고들 했습니다.”

“그래요. 그때 이후로 가끔씩 절에 다녀가시곤 했지요. 심성이 얼마나 고왔는지 법 없이도 살 사람이었어요. 그런데 저 아이 어미는 어디 갔나요?”

“예, 제 애 아비보다 1년 먼저 세상을 떠났습니다.”

말분 아주머니가 대답했다.

“어떻게 그런 일이….”

스님은 염주를 도르륵 굴렸다.

“이름은 서유리였어요. 피부가 백옥같이 희었지요. 꼭 양반집 여인 같았어요. 20대 중반 정도에 우리 마을에 들어왔어요. 그때 배 속에 바우가 있었어요. 바우 아비 남사당패에서 장구를 잡았다나 봐요. 그러니 남편과 짝을 이뤄 자주 공연에 나섰겠지요. 나

22

비가 꽃을 찾아 내려앉듯이 잘 어울리는 두 사람이었어요.”

“그렇군요.”

“장구를 기가 막히게 잘 쳤어요. 설장구(서서 장구를 치며 추는 춤)는 전국에서 둘째가라면 서러워할 정도였다고 하더군요. 저도 가끔 장구를 메고 춤을 추며 연습하는 걸 보았는데 선녀가 날아가는 줄 알았지 뭐예요. 한번은 달밤에 흰 옷을 입고 장구춤을 추는데 몸이 오싹할 정도였다니까요.”

칠복 아저씨가 거들었다.

“노래 솜씨도 일품이었지요. 한번은 바우 아비가 돌아와 저녁을 먹은 뒤에 북을 잡고 장단을 맞춰 주는 고수 역할을 했어요. 마침 심청이가 인당수 물에 빠지는 대목이 저희 집 담을 넘어 들려오는데, 가슴을 쥐어뜯는 줄 알았다니까요.”

듣고 있던 말분 아주머니가 다시 입을 열었다.

“그런데 바우 어미는 떠돌아다니다 병을 얻은 모양이에요. 늘 콜록거리며 다녔거든요. 그러다가 그만 지난해 여름, 병세가 나빠지더니 피를 토하며 이 세상을 떠나고 말았습니다. 그때가 장마철이었는데 마을 사람들이 장례를 치르느라 무척 고생을 했어요.”

“고생이 많으셨네요.”

"아유 말도 마세요, 스님. 바우 어미가 죽은 지 열흘이 지나도 바우 아비는 돌아오지 않았어요. 하는 수 없이 뒷산에 그냥 묻으려는데 관이 움직이지 않지 뭐예요. 어른 열 명이 들어도 도저히 움직이지 않아 끙끙대고 있는데 마침 바우 아비가 왔어요. 마지막으로 마누라가 보고 싶다며 관을 열었는데 글쎄, 그때까지 눈을 감지 않고 있었어요. 바우 아비가 눈물을 펑펑 쏟으며 눈을 감겨 주고 관을 덮으니 관이 그제야 움직였어요. 그때를 생각하면 지금도 식은땀이 난다니까요."

말분 아주머니가 숨을 몰아쉬기 위해 잠시 말을 끊자 칠복 아저씨가 말을 받았다.

"바우 아비는 그때부터 공연에 나가지도 않고 매일 술만 먹었어요. 춤추고 노래하는 건 바우 어미 무덤에서 뿐이었죠. 바우는 한동안 제 아비와 함께 나들이를 하니 신이 난 듯 좋아라했어요. 가끔은 산으로 들로 바우를 데리고 다니면서 하얀 찔레꽃을 온몸에 달아 주었는데 마치 죽은 자기 어미 피부 색깔 같았어요. 그걸 보고 바우 아비는 "여보, 여보" 하면서 실성한 사람처럼 통곡하기도 했어요. 그러더니 한 달 전에 바우 아비마저 세상을 뜨고 말았어요. 죽기 전에 급히 가 보니 숨이 넘어가는데 저희들 보고 자기가 죽으면 바우를 청룡사로 데려다주라고 부탁을 하더군요. 그래서 이렇게 저희들이 온 겁니다. 그런데 참, 한 가지 이상한 게 있어요. 바우 어미는 천민 출신이 아닌 것 같았어요. 국문은 물론 한문도 꽤 알고 있는 듯했거든요."

"한문을 다 알아요?"

스님이 되물었다.

"우리 같은 무지렁이는 아무것도 모르지요. 그렇지만 무슨 책인가를 들고 읽는데 바우가 그 옆에서 뭐라고 따라하는 것 같았어요. 아참, 지금 바우한테 배운 걸 해 보라고 하면 알겠네요."

말분 아주머니가 바우덕이에게 말했다.

"바우야, 엄마한테 배운 거 한번 외워 보렴."

바우덕이는 거침이 없었다.

"공자께서 말씀하시길 착한 일을 하는 자는 하늘에서 복을 내리고, 나쁜 일을 하는 자는 하늘에서 벌을 내린다고 했어요."

"더 아는 것이 있느냐?"

"하늘 천, 따 지, 검을 현, 누를 황, 집 우, 집 주, 넓을 홍, 거칠황, 날 일, 달 월…."

"명심보감과 천자문이구나. 네 어미가 가르쳐 주었느냐?"

"예."

바우덕이가 눈을 반짝거리며 대답했다. 괄허 스님은 바우덕이에게 한 가지 더 물었다.

"원래 너의 이름을 아느냐?"

"성은 김(金)이고, 이름은 '바위 암(岩)'자에 '덕 덕(德)'자를 써서 김암덕이라고 합니다."

"그럼 본이 어디냐?"

"예, 안동이옵고 숙청공파 31대 손입니다."

"뭐라?"

스님은 깜짝 놀랐다.

칠복 아저씨, 말분 아주머니와 한참 이야기를 나눈 괄허 스님은 두 사람을 절 마당까지 배웅해 주었다.

"살펴 가십시오. 바우는 걱정하지 마시고요."

"예, 스님만 믿습니다. 훌륭하게 키워 주세요."

바우덕이의 손을 잡은 괄허 스님은 방으로 다시 들어갔다. 잠시 후 스님이 나를 불렀다.

"선재야, 이리 들어오너라."

계단을 올라가는데 왠지 가슴이 콩닥거렸다.

"오늘부터 너에게 동생이 생겼다. 덕만네 집에서 같이 지내거라."

"예, 스님."

나는 바우덕이의 손을 잡고 방문을 나왔다. 손이 참 작고 따뜻했다.

"스님이 그러시는데 너는 이제 나랑 우리 집에서 살 거래."

"나도 들었어. 그럼 오라버니가 내 진짜 오라버니가 되는 거야?"

바우덕이는 다섯 살 난 아이답지 않게 목소리가 또랑또랑했다.

"응. 내 이름은 선재야."

"나는 바우덕이야. 그냥 바우라고 사람들이 불러."

이곳에 온 지 십 년 동안 동네에 또래가 들어온 적이 없었다. 혼자 다니는 것도 이젠 지쳤다. 들판의 나무와 이야기하는 것도 지겨워졌다. 그런 내게 동생이 생기다니…. 이게 꿈인지 생시인지 분간이 되지 않았다. 바우덕이를 데리고 집에 오면서 꿈인가 싶어 얼굴을 손톱으로 눌러 보기도 하고 엉덩이를 꼬집어 보기도 했다.

"선재 오라버니, 뭐해?"

"응, 아무것도 아니야."

뭉게구름이 오늘 따라 낮게 깔려 있다. 금방 내게 내려와 내 몸을 스치고 갈 것만 같았다. 어깨 밑에 날개가 돋아 슬며시 꺼내서 날아오르면 구름에 닿을 듯했다. 저 위쪽 언덕에서 힘껏 뛰어내린 뒤 날개를 슬쩍 펴면 저 아래 연못까지 도착할 수 있을까. 개울을 건너는데 물소리가 콸콸 났다. 물소리에 묻혀 바우덕이가 듣지 못할 것 같아 물에다 대고 속삭였다.

"나 오늘 동생 생겼다아~"

그런데 내 목소리가 물소리보다 더 컸는지 바우덕이가 눈을 동그랗게 뜨고 물었다.

"오라버니, 뭐해?"

"아무것도 아니야, 아무것도….."

얼굴이 홍당무같이 빨개졌다. 나는 바우덕이와 이야기를 나누고 싶어 마을 아저씨들이 사는 집을 가르쳐 주기 시작했다.

절 밑 첫 번째 집을 손가락으로 가리켰다.

"저기가 우리 꽃오름패의 꼭두쇠인 덕수 어른 집이야. 공연할 때 꿩 날개가 달린 모자를 쓰고 오방색 허리띠를 차고 공연을 지휘하시지. 그러면 사람들이 모두 덕수 어른의 손끝을 봐. 그 손짓에 따라 우리 꽃오름패가 움직이는 거야."

"그럼, 덕수 어른이 우리 마을 대장이네?"

"그래, 맞아."

길모퉁이를 돌아 나오니 곰뱅이쇠인 승만 아저씨 집이 보였다.

"저기가 우리 불당골 곰뱅이쇠인 승만 아저씨 집이야. 저 아저씨는 아직 젊은데도 다른 아저씨들보다 춤을 잘 춰. 아저씨는 놀이판을 벌여도 된다는 승락을 받으러 다니기도 하지. 그래서 항상 바빠."

"무슨 춤을 추는데?"

"나도 잘 몰라. 나는 아직 졸병인 삐리야. 풍물놀이 할 때 겨우 북을 잡고 맨 뒤를 따라다니기만 해. 그래서 아저씨들이 추는 춤이 뭔지 몰라. 한 단계 올라가야 장구를 배워. 그리고 난 뒤 다시 한 단계 더 올라가면 춤도 배울 수 있어. 지금은 뭐가 뭔지 몰라."

괜히 말해 놓고 더 이상 답해 줄 게 없어 부끄러웠다. 무슨 나쁜 짓을 하다가 들킨 기분이었다. 얼른 발길을 돌려 집으로 향했다.

"아저씨, 아주머니. 선재 왔어요."

비록 아버지 어머니라고 부르지는 않지만 두 분은 다 나를 친아들처럼 아껴 주신다.

나는 내가 어디서 왔는지 모른다. 두 살 때 불당골에 들어 왔다는 것만 안다. 어디서 왔는지 알고 싶지도 않다. 어찌됐든 이제 여동생이 생겼다는 사실에 기분이 좋을 뿐이다.

"어서 오너라. 기다리고 있었다. 저녁 먹자."

덕만 아저씨는 이미 바우덕이가 온다는 사실을 알고 있던 것 같았다.

점심이 한참 지난 시간이라 배에서 꼬르륵 소리가 났다. 아직 해가 지지도 않았는데 오늘은 덕만 아주머니가 일찍 저녁밥을 지은 모양이다. 저녁이라야 꽁보리밥에 된장찌개가 전부이지만 날마다 먹어도 질리지 않았다. 특히 덕만 아주머니가 부엌 나뭇가지를 살살 걷어 낸 뒤 살려 낸 불씨 위에 올려 끓인 된장찌개는 세상에서 가장 맛있다.

"선재야, 문 열어라."

덕만 아주머니가 부엌에서 소리를 질렀다. 나는 구멍이 숭숭 뚫린 부엌문을 열었다. 구수한 된장 냄새가 몸속으로 흘러들었다. 눈을 들어 밥상을 받으려고 하는데 깜짝 놀라고 말았다. 보통 때보다 밥상도 훨씬 크고 반찬도 많았다. 누르스름한 보리밥 그릇에는 하얀 쌀밥이 수북이 쌓여 있었다.

"햐~아."

나도 모르게 감탄이 절로 나왔다. 쌀밥 옆에 있는 고등어자반은 명절이 아니고는 먹어 보지 못한 것이었다. 아니, 명절 때도 구경하기 힘든 귀한 음식이었다.

"이게 어떻게 된 거예요?"

나는 깜짝 놀라 덕만 아주머니에게 물었다.

“밥상 들어가게 좀 비키려무나.”

아주머니는 내 말에 동문서답했다.

“네.”

덕만 아주머니가 방 안으로 들어와 밥상을 내려놓았다.

“놀랐지? 오늘 바우가 새 식구로 들어오는 날이라고 청룡사 스님께서 특별히 내려 주신 음식이야.”

“우아~”

바우덕이도 신이 난 듯 소리를 질렀다.

“그래. 이제 바우는 선재의 동생이 되었으니 오라버니 말 잘 들어야 한다. 그리고 선재는 동생이 생겼으니 잘 돌봐 주어야 한다. 알겠지?”

“네에.”

바우덕이와 나는 똑같이 대답했다. 그러고는 서로 얼굴을 쳐다보았다. 아마 바우도 지금 ‘밥은 언제 먹지’ 하는 생각을 하고 있을 것이다.

“자, 먹자.”

꿀맛이었다. 쌀밥은 언제 입에 들어갔는지도 모르게 녹아 없어졌다. 덕만 아주머니가 발라 주는 고등어자반은 태어나 먹어 본 반찬 중에 제일 맛난 음식이었다. 어른들이 ‘고등어는 밥도둑’이라고 했던 데는 다 이유가 있었다.

'고등어가 밥도둑이 맞구나. 입 속에 들어간 밥이 어디로 사라지는지 모르니 말이야.'

배부르게 먹고 나자 금방 잠이 쏟아졌다. 바우덕이도 잠이 오는지 꾸벅 꾸벅 머리를 앞으로 숙이다가 누워 스르륵 잠이 들었다.

"여보, 바우 좀 옆에 재우구료."

덕만 아저씨가 바우덕이 잠자리를 펴 주었다. 나도 긴 하품이 나왔다.

"선재 너도 자거라."

덕만 아저씨가 내 이불도 펴 주었다.

"네, 안녕히 주무세요."

그날 밤 꿈을 꾸었다. 넓은 들판 위를 바우덕이의 손을 잡고 뛰고 있었다. 빨리 뛰다가 그만 넘어져 버렸지만 하나도 아프지 않았다. 뭐가 좋은지 나와 바우덕이는 서로 마주 보며 깔깔깔 웃었다. 그러고는 다시 일어나 막 뛰어갔다. 어느 궁궐에 도착한 우리는 문을 열고 들어갔다. 그 안에는 많은 사람들이 우리를 향해 박수를 치고 있었다.

곧이어 궁궐 주인으로 보이는 사람이 나와서 우리에게 인사를 했다.

"어서 오세요. 환영합니다."

나는 허리춤에 긴 칼을 차고 있었다. 바우덕이는 머리에 예쁜 꽃이 장식된 관을 쓰고 있었다. 곧이어 궁궐 안에 있던 사람들이 풍물을 신 나게 울렸다.

"갠지 갠지 갱깨게갱. 게갱 갠지 갱깨게갱."

"둥~ 둥~ 둥둥."

"징~"

꽹과리, 장구, 북, 징이 서로 어울려 소리를 내자 사람들이 줄을 지어 덩실덩실 춤을 추며 궁궐 마당을 돌기 시작했다. 자세히 보니 모두 불당골 사람들이었다. 불당골 사람들은 박수를 치며 나와 바우를 축하해 주었다. 주변에는 병풍이 둘러져 있었고, 앞에는 원앙새를 묶어 나란히 세워 놓았다. 그곳은 초례청이었다. 내가 바우덕이와 혼례를 하고 있는 것이다. 순간 얼굴이 화끈거리며 장딴지에 힘이 스르르 풀렸다.

"선재야, 선재야. 어서 일어나야지."

눈을 떴다. 꿈이었다. 깨지 말았으면 좋았을 텐데 말이다. 그런데… 이불 밑이 축축했다.

'열두 살이 오줌을 싸다니.'

나는 자리에서 벌떡 일어나 소리쳤다.

"날씨가 좋아요. 밖에 이불을 널어야겠어요."

옆에서 바우덕이가 부스스 일어나는 소리가 들렸다.

"바우야, 네 이불도 이리 내 봐. 내가 널게."

마당 빨랫줄에 내 이불과 바우덕이 이불이 나란히 널렸다. 어젯밤 꿈이 생각났다. 꿈에서처럼 바우덕이와 이불을 나란히 덮고 오랫동안 살았으면 좋겠다는 생각을 하며 두 손을 꼭 쥐었다.

제3장
공연 출발

요 며칠 바우덕이와 나는 들판에 살다시피 했다. 지천에 꽃과 풀이 가득했기 때문이다. 여덟 살이 된 바우덕이는 들판의 웬만한 꽃 이름을 다 알고 있었다.

"선재 오라버니, 이건 용둥굴레야. 이건 싸리냉이, 이건 큰 구슬붕이, 이건 솜풀대, 이건 얼레지 꽃, 이건 개별꽃이야. 별꽃 예쁘지? 매일 밤마다 보는 별같이 생겼어. 별꽃이 밤에는 하늘 위에 올라가 반짝반짝 빛이 나나봐 그치."

"그런데 넌 이 꽃 이름을 어떻게 다 알았니?"

"전에 아빠가 가르쳐 줬어."

엄마가 죽고 바우덕이와 아빠가 이리저리 들을 헤맸다는 이야기가 생각났다.

"이야, 벌깨덩굴이다. 어머! 여기에는 피나무 꽃이 있네. 저것 봐, 저건 족두리풀이야. 꽃이 꼭 족두리같이 생겼어. 예쁘다, 그치."

"응."

바우덕이가 꽃 이름을 대면 나는 할 말이 별로 없었다. '그래' 혹은 '알았어' 정도로 대답하는 게 고작이었다. 사실 나는 꽃 이

름에 대해 잘 몰랐다. 누가 가르쳐 주
지도 않았고, 관심도 별로 없었다. 들에
핀 꽃이라 생각한 게 전부였다. 미리 알아두

었으면 좋을 뻔했다는 생각이 들었다.

"야, 여기에도 꽃이 피었네? 이건 꿩의밥, 이건 두루미꽃이야. 선재 오라버니 이거 꼭 논에 서 있는 두루미같이 생겼지?"

"넌 별의별 꽃 이름을 다 안다."

바우덕이는 내 말에 아랑곳하지 않고 눈앞에 펼쳐지는 꽃 이름을 계속 불렀다.

"이건 참꽃마리, 이건 뻐꾹나리, 이건 노랑제비꽃, 이건 엉겅퀴, 이건 숲바람꽃, 이건 초롱꽃, 이건 꿩의바람꽃, 이건 쌍둥이 바람꽃, 이건 금낭화, 이건 콩제비꽃, 이건 솜방망이, 이건 꽃다지, 이건 노루귀…"

들판을 뛰어다니던 바우덕이는 잠시 언덕 바위에 앉아 쉬었다. 그러다가 바위틈에 있는 하얀 꽃나무를 발견했다.

"저건 조팝나무야. 내가 처음 여기에 왔을 때 먹었던 쌀밥하고 똑같이 생겼지? 우리 가서 따 먹을까?"

"안 돼."

"왜?"

"들판에 피어 있는 꽃도 주인이 있어."

"누가 주인인데."

"저 산에 사시는 산 할아버지야."

"그런 사람이 어디 있어."

"우리 눈에 보이진 않지만 우리가 그 꽃을 꺾으면 벌을 주실 거야."

바우덕이가 의기소침해졌다. 나는 미안한 마음이 들어 달래듯이 바우덕이에게 말했다.

"하지만 몇 가지는 꺾어도 괜찮을 거야. 네가 가서 조금만 꺾어 오렴."

"알았어, 오라버니."

바우덕이와 나는 손에 한 움큼 꽃을 꺾어 집으로 돌아왔다.

장작을 패고 있던 덕만 아저씨가 허허 웃으며 말했다.

"먹지도 못하는 거 가져와서 뭐 하니?"

바우덕이가 말했다.

"보기만 해도 배 부르잖아요."

덕만 아저씨가 또 허허허 하고 웃었다. 바우덕이가 집에 온 후 우리 집은 웃을 일이 더 많아졌다.

"뎅~ 뎅~ 뎅~"

청룡사 범종(사찰에 걸린 큰 종)이 길게 맥놀이(진동수가 약간 다른 두 개의 소리가 간섭을 일으켜 소리가 주기적으로 세어졌다 약해졌다 하는 현상)하는 소리가 들렸다. 아침이나 저녁이 아닌 다른 때 울리는 종소리는 모이라는 신호다.

"무슨 일이 있나?"

빨래를 널던 덕만 아주머니가 우리를 보면서 말했다. 바우덕이와 나는 들판에서 꺾어 온 꽃을 물병에 꽂고 있었다.

"여보, 나 잠시 절에 다녀오리다."

덕만 아저씨가 도끼를 내려놓고 사립문을 나섰다. 사립문을 나서던 아저씨는 얼마 가지 않아 다시 돌아왔다.

"얘들아, 너희들도 함께 가자."

"예?"

내가 되물었다.

"아마도 이번 공연에는 바우도 함께 나가게 될 것 같구나. 그러니 스님께 신표도 받을 겸 같이 올라가자꾸나."

바람이 살랑살랑 부는 돌담을 지나고 개울물을 건너면 언덕 위에 청룡사가 있다. 바우덕이는 덕만 아저씨 손을 잡고 올라갔다. 바우덕이와 함께 공연을 간다고 생각하니 가슴이 설레었다. 우리가 절에 도착했을 때는 마을 사람들이 거의 다 모여 있었다. 모두들 오랜만에 만난 사람들처럼 인사를 하며 반가워하고 있었다. 잠시 후 촌장 덕수 어른이 주지 스님과 함께 방에서 나와 큰 소리로 말했다.

"이제 부처님 오신 날도 지났으니 공연 준비를 해야겠습니다.

방금 주지 스님과 의논해 날짜는 오월 초하루로 정했습니다. 그 날은 여기 법당에 모여 부처님께 인사하고 출발하겠습니다. 참, 이번 공연부터는 바우도 함께 가기로 했으니 덕만네는 차질 없 도록 준비해 주세요."

덕만 아저씨가 허리를 굽혀 그렇게 하겠다는 표시를 했다. 촌 장 어른의 말에 모두 들뜬 모양이었다. 그 중에서 가장 들뜬 사람 은 단연 바우덕이었다.

불당골에 들어온 지 이제 삼 년, 여덟 살 밖에 되지 않았지만, 바우덕이는 사람들을 깜짝깜짝 놀라게 했다. 어깨너머로 재주를 보고 척척 잘도 따라했기 때문이었다. 바우덕이보다 나이가 많 은 삐리들은 바우덕이를 시기하기도 했다.

"계집아이 주제에 뭘 따라하겠다고 난리야."

"그냥 내버려 둬. 저러다 말겠지 뭐."

처음에는 바우덕이가 특별한 대우를 받는다며 못마땅하게 생 각하는 단원들이 많았다. 하지만 그의 재주를 본 나이가 지긋한 단원들은 칭찬을 해 주기도 하고 바우덕이의 실력에 놀라기도 했다.

바우덕이는 재주를 타고 나기도 했지만 다른 사람들보다 두 배, 세 배 더 열심히 연습을 했다. 연습을 할 때는 어른들보다 진지한 표정이었다. 불당골 사람들은 그런 모습을 보면서 너 나 할 것 없이 바우덕이를 사당패의 일원으로 받아들이기 시작했다.

오월 초하루의 날이 밝았다. 모두들 짐을 꾸려 마을 앞에 모였다. 수레에 짐을 올려놓고 간단한 물건은 바구니에 담았다. 그러고는 청룡사 법당에 모여 부처님께 공연을 알렸다. 이어 주지 스님이 당부의 말을 했다.

"모쪼록 아무 탈 없이 건강하게 돌아오세요. 힘든 일이 있으면 서로 나눠하고요. 우리는 한 가족임을 꼭 명심하세요."

"둥 둥 둥 두두둥둥…"

공연을 알리는 묵직한 북소리가 울려 퍼졌다.

"삐리릴리 삐리릴리…"

태평소 소리에 서운산이 찢어질 듯했다.

"자, 출발합시다!"

꼭두쇠 덕수 어른의 우렁찬 소리에 소가 끄는 달구지는 "끼익" 하는 소리를 내며 출발했다. 바우덕이와 나는 덕만 아주머니 옆에서 작은 보자기를 둘러메고 종종걸음으로 따라나섰다. 승만 아저씨가 우리 일행을 보더니 소리를 질렀다.

"어이, 바우는 달구지에 태우지 그래."

아직 여덟 살 밖에 되지 않는 막내라, 먼 길을 가기에는 힘이

들 것이라고 생각한 모양이다. 바우덕이가 고개를 흔들었다.

"아니에요, 아저씨. 저도 같이 걸어갈래요."

"허허, 고놈 참."

함께 가던 단원들이 대견해했다.

이번 공연은 경상도 쪽에서부터 시작하기로 했다. 험한 문경새재를 넘으면서도 바우덕이는 신이 났다. 어릴 때 아버지 손을 잡고 다니면서 뛰놀던 넓은 들판이 생각난 것 같았다. 산 위에 뭉게구름이 덩실덩실 춤을 추었다. 흘러가는 시냇물도 그 장단에 맞춰 출렁출렁 흘러갔다. 내 가슴도 큰북을 울리듯이 둥둥 울렸다. 신 나게 걷던 바우덕이가 내게 물었다.

"선재 오라버니, 나도 잘할 수 있을까?"

"그럼, 당연하지!"

나는 목소리에 힘을 주어 대답해 주었다. 가장 옆에서 바우덕이의 재능을 봐 왔던 나는 의심 없이 답할 수 있었다.

수레가 멈추고 휴식 시간이 주어졌다. 나는 소변을 보기 위해 숲으로 들어갔다. 소변을 보고 돌아가려는데 숲 속에서 바우덕이의 가느다랗게 기도하는 목소리가 들려왔다.

"아버지 어머니, 저도 이제 남사당패 단원이 됩니다. 비록 여자의 몸으로 태어났지만 반드시 조선 최고의 꼭두쇠가 될 거예요.

지켜 봐 주세요."

이제야 나는 바우덕이가 왜 그렇게 열심이었는지 알 것 같았다. 바우덕이는 꼭두쇠, 그것도 조선 최고의 꼭두쇠를 꿈꾸고 있는 것이다. 바우덕이는 어느새 다시 달구지 옆으로 돌아왔다. 바우덕이의 눈가가 촉촉했다.

남사당패는 드디어 경상도 상주에 도착했다. 오일장 하루 전이었다.

"잘 되었소. 내일 상주장에서 첫 공연을 하겠습니다."

꼭두쇠 덕수 어른은 명령을 내리면서 각자 임무를 지시했다.

"오늘 저녁은 둔덕에 천막을 치고 자야겠소. 다섯 명을 붙여 줄 테니 경화가 책임지고 천막을 치게나. 지금 즉시 출발하도록 하지."

경화 형은 스무 살이다. 그래도 연희 분야의 선임자인 뜬쇠가 되었다. 경화 형은 외줄을 잘 탄다. 우리 남사당패의 놀이마당 가운데 외줄타기는 인기가 제일 좋았다. 그렇다보니 경화 형이 줄 위에 올라가면 늘 박수가 쏟아졌다.

경화 형은 조선 팔도에서 두 번째 가라면 서러워할 외줄타기 선수이다. 게다가 몸도 날렵하고 얼굴도 잘생겨 여자들이 형을 좋아했다. 그렇지만 경화 형은 재주 익히기에만 관심을 두었다.

정인이라면서 우리 남사당패에 여자를 데리고 온 적도 없고, 남사당패에 안에도 정인이 없다. 멋있는 형에게 정인이 없다는 건 좀 이상한 일이다. 어쨌든 일 잘하고 줄 잘 타는 경화 형 때문에 우리 불당골 남사당패 꽃오름은 조선에서 제일가는 남사당패가 되었음에 틀림없다.

덕수 어른의 명령이 다시 떨어졌다.

"덕만 아주머니하고 승만 아주머니는 남정네들이 천막을 치면 솥을 걸어 밥을 지어요. 나머지는 천막 안에 짐을 정리해 주시고요. 나와 승만이는 상주 장터를 다니며 내일 공연을 알릴 겁니다. 선재와 바우는 나를 따라오너라."

'와 신난다!'라는 말이 입에서 튀어나올 것만 같았다. 장터에 가면 내일 장사를 하려는 사람들이 많이 몰려 있을 것이다. 구경 중에는 사람 구경이 제일이다. 촌장 어른의 말씀이 끝나기 무섭게 나는 바우덕이 손을 잡고 얼른 따라나섰다. 촌장 어른은 꿩의 날개로 만든 멋진 옷을 입고 승만이 아저씨도 끈이 늘어진 멋있는 옷을 입고 나섰다.

장터는 사람들로 북적였다. 내일 시장에 내어 놓을 물건을 나르는 장사꾼들이 여기기서 모여 있었다. 서로 안부를 물으며 일하는 모습이 행복해 보였다. 드디어 승만 아저씨가 태평소를 불어 길놀이(공연 시작 전 풍물을 치며 공연 내용을 선전하는 의식)를 시작하며 '안성 불당골 꽃오름 남사당패가 왔노라'고 알렸다.

"자, 여러분. 우리들은 전국에서 제일가는 안성 불당골 꽃오름 남사당패올시다. 내일 점심 때 시장 둔덕 옆 공터에서 공연이 있으니 많이 와 주시기 바랍니다. 특히 이번 공연에서는 안성 불당골 꽃오름 남사당패가 지난 겨울 동안 갈고 닦은 실력을 처음 보이는 자리니 꼭 구경하러 오세요!"

"둥 둥 둥…"

북소리를 울리면서 시장을 돌았다. 나는 촌장 어른과 승만 아저씨 앞에서 바우덕이와 어깨춤을 추며 주위의 시선을 끌었다. 시장을 두 바퀴 돌고 나니 해가 지기 시작했다. 촌장 덕수 어른이 한 바퀴 더 돌고 저녁 먹으러 가자고 말했다. 그러자 바우덕이가 촌장 어른에게 말했다.

"어르신, 제가 선재 오라버니 어깨에 올라 무동을 타고 시장을 한 바퀴 돌아 볼까요?"

"너 무동춤(여자 복장을 한 소년이 어른 남자의 어깨 위에서 추는 춤)을 출 줄 아느냐?"

"예, 전에 선재 오라버니 등에 올라 마을 몇 바퀴 돌아 보았는데 할 수 있을 것 같아요."

"정식으로 배운 것도 아니고 실수라도 하면 어쩌려고."

승만 아저씨가 걱정하자 바우덕이가 "할 수 있어요."라고 자신 있게 말했다. 잠시 생각하던 촌장 어른이 고개를 끄덕였다.

"그래, 한번 해 보거라. 그냥 다니는 것 보다 훨씬 효과가 있을 듯하구나."

바우덕이가 내 어깨에 올라탔다. 나는 열다섯 살이니 여덟 살인 바우덕이를 예전보다 쉽게 어깨에 올려놓을 수 있었다.

"너희들 연습 많이 했구나."

승만 아저씨가 웃으며 말했다. 바우덕이는 어깨에 올라 살랑살랑 몸을 흔들었다. 태어날 때부터 타고 난 몸짓이었다. 이 모습을 본 승만 아저씨가 움찔하며 놀랐다.

우리 일행은 시장 통로를 돌았다. 예상대로 그냥 다닐 때보다 많은 사람이 우리를 쳐다보았다. 내 어깨 위에 올라탄 바우덕이는 내일 공연이 있다는 내용을 노래로 하기 시작했다.

"여보시오, 상주 사람들. 내 말 좀 들어 보소. 상주라 함은 예로부터 예절 바르고 인심 좋아 사람 살기 좋은 곳으로 유명하지 않소이까. 이리도 좋은 땅에서 불당골 꽃오름 남사당패가 공연을 한다고 하니, 아니 가 볼 수가 있겠소이까. 어서 어서 장사 끝내고 흥겹게 우리 한번 놀아 봅시다. 얼~쑤!"

시장 사람들이 삽시간에 우리 쪽으로 모여들었다. 아이들은 아예 우리 뒤를 졸졸 따라오며 함께 춤을 추기 시작했다. 내일 할 공연이 벌써 벌어지고 있는 듯 사람들이 박수까지 쳤다. 다시 바우덕이가 상주 사람들이 좋아하는 농요를 구성지게 불렀다.

"상~주 함~창 공갈 못에 연밥 따는 저 처자야. 연~밥 줄~밥 내 따~줄게~우리~부~모 섬겨~주소. 이 빼미 저 빼미 다 헐어 놓~고 또 한~빼~미만 남았구나."

시장 사람들의 박수 소리가 터져 나왔다.
"밤톨만 한 녀석이 노래도 잘 하네. 내일 점심 먹고 얼른 공연장으로 가 보자고."
촌장 어른이 바우덕이에게 물었다.
"너, 노래도 잘 하는구나. 어디서 그런 노래를 배웠느냐?"
"예, 전에 아버지와 어머니가 부르는 것을 듣고 그대로 해 본 것뿐이에요."
"그래, 그래."
덕수 어른은 흡족한 표정을 지으며 바우덕이의 머리를 쓰다듬어 주었다.

"모두들 고생 많았다. 어서 가서 밥 먹자."

언덕 옆 천막에 도착하니 밥 짓는 냄새가 구수했다. 된장 끓이는 냄새가 나자 배에서 '꼬르륵' 소리가 났다. 하지만 바우덕이는 배가 고프지 않은지 어디론가 가기 시작했다. 나도 바우덕이를 따라 발걸음을 옮겼다. 바우덕이가 간 곳에는 꽃오름 단원들이 내일 공연할 악기를 점검하며 열심히 연습을 하고 있었다.

"밥 먹으러 가자 바우야."

"응, 선재 오라버니 먼저 가. 나 잠깐 연습하는 거 구경하다 갈게."

바우덕이는 단원들이 연습하는 곳으로 뛰어가더니 옆에 쪼그리고 앉아 버나돌리기(사발이나 접시 따위를 두 뼘 가량의 막대기로 돌리는 묘기) 연습을 유심히 지켜보았다. 배고픔도 잊은 듯 바우덕이의 눈은 반짝반짝 빛났다. 그러고는 이내 연습하는 사람들 속으로 들어갔다.

나머지 연습을 하던 사람들도 다 식사를 마쳤을 때쯤 바우덕이가 천막 안으로 들어왔다. 덕수 어른이 야단치듯 물었다.

"밥 먹지 않고 어딜 갔다 오느냐?"

"예, 잠시 연습하고 왔어요."

"이놈아. 조금 있으면 지겹도록 하는 게 공연인데 뭘 그리 서둘러?"

"그래도 잘 해야 하잖아요. 어르신."

바우덕이는 이마의 땀을 닦으며 분위기를 바꾸려는 듯 큰 소리로 말했다.

"아주머니, 저 배 고파요. 밥 한 그릇 가득 주세요."

"야 이 녀석아. 배고프지 않다며 돌아다닐 때는 언제고 이제 와서 밥 달라고 큰소리야."

바우덕이를 지켜보던 덕만 아저씨가 웃으며 핀잔을 주자 바우덕이는 머리를 긁적였다.

저녁을 먹은 뒤 단원들은 팔베개를 하고 누워 은하수를 바라보며 도란도란 이야기를 나눴다. 나는 바우덕이 옆에 나란히 누워 밤하늘에 반짝이는 수많은 별들을 쳐다보았다.

"바우야, 큰 별 일곱 개 보여?"

"응, 오라버니."

"그 별 이름이 뭔지 아니?"

"응, 북두칠성이야. 그 중 제일 끝에 있는 제일 큰 별은 북극성이라는 별이야. 사람들이 밤길을 걷다가 길을 잃어버리면 끝 별이 있는 쪽이 북쪽인 것을 알고 방향을 찾아간다고 해."

"너 그거 어떻게 알았니?"

"응, 아빠가 예전에 말해 주었어."

아무리 생각해도 바우덕이는 평범하지 않는 아이였다. 여자의 몸이었지만 기예 솜씨를 빨리 익혔다. 게다가 꽃과 풀, 별의 이름까지…. 바우덕이는 모르는 것이 없었다. 나는 그런 바우덕이가 자랑스러웠다. '바우덕이가 꼭두쇠가 된다면 어떨까'라는 말도 안 되는 생각이 문득 들었다.

제4장
산 넘고 물 건너 공연을 펼치다

공연 날이 밝았다. 날씨도 우리를 도와주는 듯 활짝 개었다. 아침을 먹은 단원들은 곧바로 장에 나가 공연 준비를 시작했다. 오늘 공연을 총 지휘하는 사람은 외줄타기의 달인인 경화 형이다. 경화 형은 꼭두쇠인 덕수 어른의 외줄타기 후계자이다. 다른 아저씨들이 나이가 한참 어린 경화 형의 지시를 잘 듣지 않았던 때도 있었다. 그럴 때는 꼭두쇠인 덕수 어른에게 다른 어른들이 불려가 혼이 나기도 했다. 그런 일이 있은 뒤부터는 모두 경화 형의 말을 잘 들었다.

"승만 형님. 춤판 좀 만들어 주세요. 저는 살판(외줄을 탈 때 사용하는 굵은 동아줄을 매는 작업. 여기서 '잘하면 살판, 못하면 죽을 판'이라는 말이 나왔다고 한다)을 만들게요."

"알았네. 경화."

경화 형은 자신이 타는 줄은 꼭 스스로 맸다. 양쪽에 커다란 나무를 지렛대로 받쳐 놓고 하나의 줄을 맨다. 줄을 매면서 팽팽한지 헐거운지를 점검한다. 줄을 다 매어 놓고는 위에 올라가 성큼성큼 뛰어 보면서 줄의 탄력을 점검하기도 한다.

열한 시가 되자 꼭두쇠인 덕수 어른이 단원들을 불러 모았다. 옆에서는 아주머니들이 미리 준비한 주먹밥을 나눠 주었다. 하지만 경화 형은 공연 전에 주먹밥도 먹지 않았다. 몸이 무거우면 줄을 타기 어렵기 때문이라고 했다.

"자, 이제 준비는 끝났네. 모두 자기가 맡은 역할을 충실히 해서 불당골 꽃오름패가 전국에서 최고라는 것을 알려 주도록 하세."

모두 힘을 주어 "예" 하고 대답했다. 첫 공연을 성공시키겠다는 꽃오름패의 결연한 의지를 보는 듯했다. 조금 있다가 촌장 어른이 한마디 더 했다.

"이번 공연에 처음 참여하는 바우는 선재와 무동춤을 추거라."

바우덕이의 실력을 보지 못한 많은 단원들이 '왜 연습도 제대로 하지 않은 바우덕이에게 무동춤을 추게 하느냐'고 항의하는 듯한 표정을 지었다. 그러자 덕수 어른이 말을 이었다.

"나도 자네들처럼 생각했었는데 어제 시장을 돌며 본 바우의 무동춤 솜씨를 보고는 생각을 고쳐먹었네. 지 아비와 어미의 피를 받아 배 속에서부터 광대 끼를 가지고 태어난 것 같으니 이번 공연에서 무동춤을 추어도 아무 문제가 되지 않을 걸세."

꼭두쇠 어른의 말이 곧 꽃오름패의 법이었기 때문에 누구 하나 이의를 제기하지 않았다. 공연에 앞서 단원들이 풍물을 울리며 시장을 한 바퀴 돌고 공연장으로 들어왔다. 덕수 어른이 공연 시작을 알렸다.

"자, 기다리고 기다리던 안성 불당골 꽃오름 남사당패의 공연을 시작하겠습니다."

막이 열리면서 신 나는 풍물놀이 판이 펼쳐졌다. 꽹과리, 장구, 북, 징으로 구성된 풍물놀이는 관람객들의 정신을 빼 놓았다.

"덩~ 덩~ 덩덩 따다, 더더덩 더더덩 덩덩 따다, 덩기닥다 쿵 따쿵따. 덩 따다 덩 따다 덩 덩 따따."

신들린 듯한 덕만 아주머니의 설장구가 시작되었다.

"잘한다, 잘해."

앉아 있던 사람들이 덩실덩실 어깨춤을 추었다. 이어 머리에 상모를 쓴 승만 아저씨와 덕만 아저씨가 뛰어들자 다른 단원들도 긴 상모를 빙글빙글 돌리며 땅재주판(맨땅에서 연기를 펼치는 마당)을 열었다. 소고를 든 삐리들이 그 뒤에 나와 덩실덩실 춤을 추었다. 눈앞에 상모가 휘휘 지나가고 소고를 든 삐리들이 어깨춤을 추자 신명이 나기 시작했다. 땅재주가 끝나가는 사이에 바우덕이와 나는 밖에서 무동춤판 준비를 했다.

"잘 할 수 있겠지?"

"걱정 마, 오라버니. 한 가지만 명심해 주면 돼. 내가 어깨에서 뛰어오르면 오라버니는 한 발만 앞으로 와서 서 있어. 그러면 내가 다시 어깨 위에 앉을 테니. 알았지?"

"뭐야? 그런 연습은 하지 않았잖아. 연습도 안 하고 어떻게 그렇게 어려운 기술을 해. 안 돼."

"아니야, 오라버니. 오라버니는 내가 하라는 대로 하기만 하면 돼. 아무 걱정 마. 나는 충분히 할 수 있단 말이야."

바우덕이는 문제없다며 나를 안심시켰다. 우리는 두 손을 꼭 잡고 기운을 불어넣은 뒤 옷을 갈아입었다. 풍물놀이판이 끝나자 덕수 어른이 마당으로 나와 우리를 소개해 주었다.

"다음은 우리 꽃오름패의 귀염둥이 선재와 바우덕이를 소개합니다. 이번 공연에 처음 참여했는데 여러분들이 보시면 깜짝 놀라실 겁니다. 자, 말로만 듣지 말고 직접 눈으로 확인하십시오."

　사람들의 박수 소리가 귀를 찢을 정도로 커졌다. 발이 부들부들 떨렸다. 바우덕이와 나란히 인사를 하고 굿거리장단에 맞춰 춤을 추기 시작했다. 장구 장단에 맞춰 긴 한삼 자락(탈춤을 출 때 팔에 길게 늘어뜨린 천 조각)을 휘휘 던지면서 나와 바우덕이는 덩실덩실 춤을 추었다. 바우덕이가 어린아이 걸음걸이를 흉내 내며 아장아장 걸어 다니자 관중들은 바우덕이에게 사로잡혔다. 바우덕이는 점점 동작을 크게 하며 들판으로 뛰어다니며 나비도 잡고, 꽃도 꺾는 동작을 펼쳐 보였다. 그러다가 돌부리에 넘어져 엉엉 우는 표정도 지었다. 예쁜 꽃을 발견한 듯이 벌떡 일어나 그곳으로 뛰어가 한아름 꽃을 안아들고 뛰어놀기도 했다. 지난봄에 나와 같이 들판을 다니면서 놀았던 모습을 공연장에 그대로 옮겨 놓은 듯했다. 몸동작으로도 관객들은 어떤 모습인지 다 알아차렸다.

　이제 무동춤을 선보일 때가 되었다. 떨어져 있던 우리는 마주 보며 인사를 했다. 내가 잠시 무릎을 굽히고 말 타는 자세를 하자 바우덕이는 내 무릎을 탁 차며 공중으로 뛰어올랐다. 나는 곧바로 한 발짝 앞으로 걸어가 어깨를 약간 낮춰 주었다. 그러자 내 어깨 위에 바우덕이가 사뿐히 올라탔다. 마치 한 마리 나비 같았다.

　"잘한다, 잘해."

공연장이 떠나갈듯 박수가 터져 나왔다. 공중돌기에 성공한 바우덕이는 덩실덩실 춤을 추기 시작했다. 나도 밑에서 호흡을 맞추면서 무대를 빙글빙글 돌았다. 한 바퀴를 돌고 나자 바우덕이는 허리춤에서 뭔가를 꺼냈다. 버나(접시같이 생긴 공연 도구)였다. 우리 남사당패는 화려한 버나돌리기 재주를 보여 주는 것으로 이름이 알려져 있었다. 올해는 아직 한 번도 이 재주를 보여 주지 않았다.

"무동춤을 추면서 버나를 돌리려나 봐."

관객 가운데 한 명이 소곤거렸다. 사실 버나돌리기는 땅에서도 힘이 들었다. 그래서 몇 년은 연습을 해야 무대에 오르는 것이 보통이다. 그런데 바우덕이는 내 어깨 위에 무동을 타면서 버나를 돌리려고 시도하고 있었다. 나는 두 손으로 바우덕이의 뒷발을 꼭 잡고 든든하게 받치면서 작은 소리로 말했다.

"야, 너 버나돌리기 연습은 안 했잖아."

"아니야, 오라버니. 했어."

"언제?"

"예전에."

나는 할 말이 없었다. 바우덕이는 언제나 예전에 연습을 많이 했다고 했다. 내가 아는 예전이라 하면 다섯 살 이전인데 말이다. 바우덕이라면 어머니 배 속에서부터 연습을 했을 수도 있겠다

싶었다.

　오른손으로 한 개의 버나를 돌리던 바우덕이가 이번에는 왼쪽
허리춤에서 버나를 하나 더 꺼냈다. 역시 허리춤에서 받침대를
하나 더 꺼내더니 오른손에 들었다.

　"저 아이가 뭘 하려고 저러지?"

　시선이 내 어깨 위에 서 있는 바우덕이에게 쏠렸다. 그 사이 나
는 계속 무대를 빙빙 돌며 바우덕이가 떨어지지 않게 두 손으로
발을 꽉 잡았다. 왼손으로 두개의 받침대를 잡은 바우덕이는 버

나 하나를 오른손으로 획 돌리더니 빈 받침대 위에 올려놓고 빙글빙글 돌렸다. 나는 머리 위에서 펼쳐지는 광경을 올려다보며 조마조마한 마음을 떨칠 수가 없었다.

"너, 지금 뭐하고 있어?"

바우덕이는 오른손 받침대 위의 두 개의 버나를 돌리면서 왼손으로 팽이를 치듯 버나를 획획 쳤다.

"어떻게 꼬마아이가 무동을 타며 버나를 돌릴 수가 있을까."

"글쎄 말이야. 그것도 두 개나 돌리고 있어."

"허허. 말로만 듣던 불당골 꽃오름 남사당패는 정말 대단해."

"그럼, 대단하고 말고. 내 칠십 평생 이런 구경은 처음이네."

우리 꽃오름 남사당패 단원들도 모두들 놀란 눈치였다. 누구 하나 바우덕이에게 버나돌리기 재주를 가르쳐 주지 않았기 때문이다. 처음 공연에서 관객들의 마음을 사로잡은 것을 사실 있을 수 없는 일이었다.

두 개의 버나를 돌리던 바우덕이가 공중회전을 해서 땅으로 뛰어 내려서자 다시 한 번 큰 박수가 터져 나왔다. 나는 바우덕이와 함께 공연한 단짝이었다는것 만으로 큰 인기를 얻었다. 둘이 함께 인사를 할 때는 사람들이 모두 일어나 박수를 쳐 주었다.

"여러분, 보셨는지요. 우리 꽃오름패의 실력이 이 정도입니다. 아직 공연이 끝나지 않았습니다. 흥분한 마음을 가라앉히시고 다음 순서를 기대해 주십시오. 이번에는 불당골 남사당패 꽃오름이 자랑하는 조선 최고의 외줄타기 명인 이경화를 소개하겠습니다."

경화 형이 무대 옆에 세워진 외줄 앞에 서서 오른쪽 발을 뒤로 빼고 왼쪽 팔을 배로 가져가며 인사를 했다. 이어 경화 형이 날렵하게 외줄에 뛰어올랐다.

경화 형은 줄 위에 섰다가 왼발로 줄을 딛고 무릎을 굽히면서 오른발을 줄 밑으로 내렸다가 튀어 일어서기를 반복하며 외줄을 건넜다. 이 기술은 '외홍잽이'이다. 줄에서 중심을 잘 잡아야 하는 어려운 기술이다. 나는 경화 형이 보여 주는 기술의 이름을 모두 알고 있다. 형은 항상 연습하면서 우리 단원들에게 어떤 기술이라는 것을 말해 주었기 때문이다.

경화 형이 줄을 건너자 "와" 하는 탄성과 박수가 터져 나왔다.

줄 밑에서는 장단 소리가 크게 들려왔다. 경화 형은 이제 '외무릎 풍치기' 기술을 선보이려고 했다. 왼발로 줄을 디디고 무릎을 굽혀 오른발 줄 밑으로 늘어뜨려 앉았다 섰다를 반복한 다음 솟구쳐 일어났다. 그러고는 오른 다리를 앞으로 번쩍 들어 코를 차는 시늉을 하면서 앞으로 나갔다.

장터 사람들은 공연에 빠져 들었다. 드디어 외줄타기의 최고 기술인 '허궁잽이' 기술을 선보일 차례가 되었다. 이 기술은 조선 팔도에서 경화 형만 할 수 있다. 경화 형은 줄을 타고 덩실덩실 춤을 추다가 몸을 솟구쳐 오르게 하여 반대편을 향하다가 한 바퀴 공중회전을 한 뒤 제자리에 앉았다.

숨죽이고 있던 관객들이 드디어 환호성을 질렀다.

경화 형이 줄을 타는 동안 구경꾼들이 동전을 외줄 아래에 툭툭 던져 주었다. 이내 동전이 수북이 쌓였다. 공연이 끝나자 우레와 같은 환호성이 터져 나왔다. 사람들은 집으로 돌아가면서 공연장 관중 가운데 누군가 불렀던 노래를 입으로 흥얼흥얼거렸다.

"조선 팔도 최고 남사당패 안성 불당골 꽃오름패. 이 시장 저 시장 주름 잡으며 잘도 논다. 꽃오름패 가는 곳에 흥겨움이 절로 나네. 이리 덩실, 저리 덩실, 신명 나서 잘도 노네."

구경꾼들이 다 자리를 뜨자 꼭두쇠 덕수 어른이 단원들을 불러 모았다.

"오늘 정말 고생 많았습니다. 내일은 하루 쉬고 안동장으로 이동하겠습니다."

단원들은 짐을 챙기기 시작했다. 다들 짐을 싸고는 숙소로 향했다.

다들 돌아가고 텅 빈 공터를 둘러보는데 누군가 서 있었다. 경화 형이었다. 큰 행사를 마치고 나면 허전함을 달랠 길이 없는 모양이다. 그 옆에 바우덕이가 다가갔다. 저녁이 깊어 어둠이 내리고 있었다.

전날 공연 열기는 다음 날 상주장에도 가득했다. 시장 사람들은 온통 어제 공연에 대한 이야기뿐이었다. 그중 하나는 바우덕이의 무동춤 이야기이고 다른 하나는 경화 형의 외줄타기 이야기였다.

"아니, 여덟 살 꼬마가 어떻게 무동을 타고 버나를 돌릴 수 있단 말인가? 그것도 두 개씩이나 말이야. 이건 필시 하늘이 내린 솜씨야."

"누가 아니래나. 이경화의 줄타기 솜씨는 어떻고? 하늘에서 내려온 신선이 줄을 타고 있는 것 같았네. 누가 뭐래도 꽃오름 남사당패 솜씨는 정말 알아줘야 해."

칭찬이 자자한데도 경화 형과 바우덕이는 별로 기쁜 표정이 아니었다. 경화 형은 어제 공연에서 부족했던 것이 있는 것인지 계속 연습을 하고 있었다.

"어제 공연 잘 봤네. 어떻게 하면 사람들의 혼을 쏙 빼 놓을 수 있는가?"

사람들이 이렇게 말하면 경화 형은 "아직 멀었다니까요."라고 겸손하게 말했다.

그런 경화 형을 눈부신 듯 쳐다보고 있는 이가 있었다. 바우덕이였다.

보통 아이였으면 시장터로 달려가 맛있는 것을 얻어먹으며 실컷 놀고 있었을 것이다. 그러나 바우덕이는 쪼그리고 앉아서 유심히 경화 형 동작 하나하나를 살피고 있었다.

"바우야, 여기서 뭐해?"

"응, 선재 오라버니 왔구나."

"우리 시장 한 바퀴 돌아보고 올까?"

"아니야, 나는 여기서 경화 오라버니 연습하는 거 구경할래."

"너, 줄타기 배우려고?"

"아니야, 그냥 연습하는 거 구경만 하는 거야."

나는 혼자 시장으로 나갔다. 그때도 바우덕이는 계속 경화 형의 몸동작을 눈으로 익히고 있었다.

상주장에는 신기한 물건들이 많았다. 그 중 실에 꿰어 상점에 주렁주렁 걸어 놓은 곶감이 제일 눈에 띄었다. 침이 꿀떡 넘어갔다.

"아저씨, 왜 곶감을 저렇게 매달아 놓은 거예요?"

"응, 그건 말이다. 썩지 않으면서 잘 마르게 하기 위해서지."

"와, 신기하다."

상점 주인은 나를 보더니 대뜸 물었다.

"너는 어제 바우덕이라는 꼬마랑 공연했던 녀석이구나."

"예, 선재라고 해요."

"그래 반갑다. 어제 공연 잘 봤다. 곶감 먹고 싶으냐?"

"아니에요."

"곶감 싫어하는 사람은 세상에 한 명도 없단다."

아저씨는 시렁(물건을 얹어 놓기 위하여 두 개의 긴 나무를 가로질러 선반처럼 만든 것)에

놓인 곶감 세 꾸러미를 걷어 내게 건네주었다.

"이거 너무 많아요."

"이 녀석아. 너만 먹으라고 주는 거 아니다. 너 어깨 위에서 열심히 버나를 돌린 바우도 주고 외줄 타던 경화도 주란 말이다."

"아, 예 고맙습니다. 아저씨."

어딜 가도 바우덕이 이야기였다. 만약에 바우덕이가 여자라는 사실을 사람들이 안다면 기절해 버릴 것 같았다. 그러면 바우덕이의 인기는 경화 형을 능가할 수도 있을 듯했다. 천막 숙소로 돌아와 들고 온 곶감 꾸러미를 내놓자 어른들이 깜짝 놀랐다. 덕수어른이 대뜸 물었다.

"그거 어디서 났느냐?"

"예, 시장에 나갔었는데 상점 주인 아저씨가 어제 우리 공연을 보고 감동받았다며 바우랑 경화 형님 갖다 주라면서 제게 줬어요."

"정말이지?"

"그럼요."

그제야 모두들 안심하는 눈치였다. 시장에서 훔쳐 온 것인 줄 알았던 모양이다. 그날 저녁 우리 꽃오름패는 첫 공연 기념으로 고리떨음(잔치나 행사 뒤에 수고한 사람끼리 즐기며 긴장감을 푸는 자리)을 했다.

"어기야 디어차. 어기야 디야 어기여차 뱃놀이 가잔다. 부딪치는 파도 소리에 단잠을 깨우니, 밀려오는 파도 소리 처량도 하구나. 에야노 야노야, 에야노 야노 어디여차 뱃놀이 가잔다."

　흥겨운 장구 소리에 맞춰 춤을 추던 덕만 아저씨가 막걸리 한 잔을 마시고 더욱 흥에 겨워 덩실덩실 뛰었다. 덕만 아주머니는 그런 아저씨의 모습을 보면서 더 큰 소리로 노래를 불러 주었다. 밤이 이슥하도록 노랫소리는 그치지 않았다. 새벽이 되어서야 하나둘 잠자리로 돌아갔다. 그때까지 남아 있던 사람들은 모닥불을 피워 놓고 도란도란 이야기 보따리를 풀어 놓았다.
　"오래 전 이야기인데 말이야. 우리 꽃오름패가 충청도 장호원 장에서 공연을 했었어. 그때는 덕수 어른이 줄을 탔을 때야. 경화는 2인자 자리에 있었을 때였지. 우리 풍물패를 함께 이끌었던 덕수 어른이 신의 경지에 이른 재주를 선보였단 말이야. 그때 한 머슴 관객은 얼마나 감동을 받았던지 공연비로 자기가 받은 세경(1년 품삯)을 모두 내놓았다네."
　승만 아저씨의 말에 경화 형이 당시를 기억하면서 말을 받았다.
　"그때가 더 대단했던 것 같아요. 꼭두쇠 어른의 줄타기 솜씨를 따라 갈 자는 지금도 없으니까요."

"아닐세, 이 사람아. 자네가 꼭두쇠 어른의 기술을 다 배웠지 않은가? 그러니 그 자리를 자네가 물려받은 것이고."

"아닙니다. 승만 형님. 덕수 어른 따라 가려면 아직 많이 배워야 합니다."

경화 형은 늘 그렇듯 자신을 낮췄다. 그래도 누구하나 그의 솜씨가 꼭두쇠 어른보다 뒤진다고 생각하는 사람은 없었다. 그때 불쑥 덕수 어른이 부스스한 얼굴로 나왔다. 잠을 한숨 자고 일어난 것 같았다.

"무슨 이야기를 그리 재미있게 하는가?"

"호랑이도 제 말 하면 온다더니 어르신이 그러네요."

승만 아저씨가 말했다.

"뭐라고?"

"어르신과 경화의 외줄타기 솜씨를 비교하고 있었어요."

"그거라면 내가 벌써 경화한테 일인자 자리를 넘겨준 것 아닌가?"

"그러게 말이에요. 그런데도 경화 저 친구는 자기가 어른보다 못하다고 합니다요."

"아닐세. 경화는 조선 제일의 줄타기꾼이야. 세상이 다 아는 이야기지."

벌써 날이 밝아 동이 터 오고 있었다.

사당패는 다시 짐을 꾸려 안동으로 향했다. 들판에는 이름 모르는 꽃들이 무리를 지어 피어나고 있었다. 들꽃 이름을 많이 알고 있는 바우덕이는 이번에도 내 옆에서 보이는 꽃 이름을 하나하나 불러 주었다.

"이건 메꽃, 저건 참나리, 이건 도라지꽃. 오라버니 도라지는 먹기도 하지만 아주 예쁘게 보라색이나 흰색으로 꽃도 피어."

"그런데 바우야. 이건 무슨 꽃이냐?"

잘 모를 것 같은 꽃을 가리키며 물어 보았지만 바우덕이는 거침없이 답했다.

"패랭이꽃이야. 보부상 아저씨들이 쓰고 다니는 패랭이랑 꼭 닮았잖아. 그래서 패랭이꽃이라 부른대."

여덟 살 밖에 되지 않은 아이가 어떻게 이런 내용을 기억하고 있는지 놀라웠다.

결 좋은 바람이 산들산들 불어왔다. 풀 향기를 가득 실은 바람에 코끝이 간질간질했다. 첫 공연이 대성공이었으니 앞으로 공연은 걱정 없을 것 같았다. 꽃오름패 단원들의 마음도 하늘의 구름처럼 두둥실 떠다니는 듯했다.

흥겨운 가락이 덕만 아저씨 입에서 시작되자 함께 가던 사람들 모두가 합창으로 노래하기 시작했다.

"상~주 함~창 공갈 못에 연밥 따는 저 처자야…"

상주모내기 노래가 다 끝나자 꼭두쇠 덕수 어른이 소리를 질렀다.

"자, 이 느티나무 아래서 쉬었다 갑시다."

오백 년은 넘었을 법한 큰 느티나무가 우리를 반겨 주었다. 그늘이 넓어 삼십여 명의 단원이 모두 앉을 수 있는 넉넉한 자리도 있었다. 쉬려고 앉자 바우덕이가 덕만 아주머니 옆에 가서 장구를 가르쳐 달라고 졸랐다.

"그래? 그럼 오면서 불렀던 상주모내기 노래에 장단을 맞춰 보자."

"네, 아주머니."

"자, 상주모내기 노래의 장단은 중중모리(아주 느린 장단으로 통곡하고 애통해하는 대목에 주로 사용한다)라는 장단이야. 이걸 배우기 위해서는 먼저 장구를 치지 말고 입으로 장단을 익혀야 해. 이걸 입장단이라고 하지."

"왜 입으로 먼저 장단을 외워야 하나요?"

"장단을 외우지 않고 장구를 함부로 치다 보면 가죽이 다 찢어져 버리게 되지. 그러면 장구는 못 쓰게 돼 버린단다."

"그렇군요."

덕만 아주머니는 중중모리를 입장단으로 불러 주었다.

"덩~쿵 따 덩 딱기딱따 덩~쿵 따 쿵쿵쿵."

"그게 뭐예요?"

"잘 들어봐라. 덩이나 쿵은 장구의 왼쪽을 치는 거란다. 장구는 왼쪽에 부드러운 가죽이 있어. 그래서 둥글둥글한 채로 그쪽을 두드리면 '덩'이나 '쿵'하는 소리가 나오지. 그쪽을 때리는 장구채를 궁굴채(나무를 깎아 만든 둥그스름한 장구채)라고 해. 그리고 오른쪽은 가는 소리가 나와. 그쪽은 대나무를 쪼개서 만든 납작한 장구채로 치는데 열채(대나무를 깎아 만든 납작한 장구채)라고 불러. 이 오른쪽에서는 무궁무진한 소리가 나온단다."

"어떤 소리가 나오는데요?"

"자, 처음에 한번 치면 '따' 하고 소리가 나오지?"

"네."

"자, 이번에는 어떤 소리가 나오지?"

덕만 아주머니는 오른손에 힘을 적게 주었다 많이 주었다 하면서 오른쪽 장구 가죽을 "다 닥" 하고 두드렸다.

"다 닥 하는 소리가 나는데요?"

"그래. 이 소리를 기닥이라고 한단다. 그래서 상주모내기 노래의 입장단이 덩~쿵따 덩 딱기딱따 덩~쿵 따 쿵 쿵 쿵이 되는 거란다. 한번 따라 해 볼래?"

"덩~ 쿵따 덩 딱기딱따 덩~ 쿵따 쿵쿵쿵."

바우덕이가 완벽하게 따라하자 덕만 아주머니는 깜짝 놀랐다.

"어디에서 배웠느냐?"

"아뇨, 어머니가 치는 장구 소리를 들어 본 것이 전부예요."

"허허, 고놈 참….”

덕만 아주머니는 대견한 듯 바우덕이를 자기 옆에 앉게 했다.

"자, 이리 오너라. 장구채를 이렇게 잡고 한번 쳐 보거라.”

바우덕이가 제법 능숙한 솜씨로 장구를 두드렸다. 하지만 오른쪽 열채를 치는 솜씨는 서툴렀다. 그러자 덕만 아주머니가 다시 가르쳐 주었다.

"자, 열채를 장구 가죽 가까이에 대거라. 그리고 손가락에 힘을 주었다, 뺐다 하면서 쳐 보거라.”

바우덕이는 덕만 아주머니의 말을 유심히 들은 후에 장구 앞에 앉아 두 개의 채를 잡고 양쪽 가죽을 치기 시작했다.

"덩~ 쿵따 덩~ 딱기딱따 덩~ 쿵따 쿵쿵쿵.”

"그래, 잘한다. 그 장단을 계속해 치면서 노래를 해 보거라."

바우덕이가 덕만 아주머니의 가르침에 따라 장단을 연결해서 치면서 상주모내기 노래를 시작했다.

"이~빼미 저~빼미 다 헐어 놓~고 또한 빼~미만 남았구나..."

주변에 있던 단원들의 시선이 몰렸다. 어린아이 목에서 나오는 종달새 같은 소리가 장구 소리와 아름답게 어울리면서 울려 퍼졌기 때문이다. 먼발치에 서 있던 꼭두쇠 덕수 어른도 흐뭇한 미소를 지으며 바우덕이를 바라보고 있었다. 단원들이 한 목소리로 탄성을 질렀다.

"야, 잘한다."

덕만 아주머니는 바우덕이의 장구 솜씨가 보통이 아님을 알고 한 장단 더 가르쳤다.

"자, 이번에는 굿거리장단(조금 느린 장단)을 쳐 보자. 이 장단은 민요를 부를 때 치는 장단이다."

"덩~기닥, 덩~기닥, 덩~기닥 쿵따."

바우덕이가 장구채를 잡고 덕만 아주머니가 시범을 보이자 그대로 따라했다.

"덩~기닥, 덩~기닥, 덩~기닥 쿵따."

"그래, 잘한다. 계속해 보거라."

바우덕이가 계속 장단을 치자, 덕만 아주머니는 그 장단에 맞춰 노래를 부르기 시작했다.

"그~ 누~가 날~ 찾나, 그~ 누~가 날~ 찾나, 날 찾을 이가 없~건만, 그~ 누~가 날~ 찾나…"

굿거리장단을 가르쳐 준 덕만 아주머니는 이번에는 자진모리장단(경쾌하고 빠른 장단)을 가르쳐 주었다.

"자, 자진모리장단을 쳐 보자."

덕만 아주머니가 입장단을 불렀다.

"덩~ 덩~ 덩따 궁따"

바우덕이가 따라했다.

"덩~ 덩~ 덩따 궁따"

덕만 아주머니는 바우덕이에게 장단을 계속 치라고 말하면서 꽃타령 노래도 함께 불러 보라고 했다. 바우덕이는 장구를 치면서 노래를 부르기 시작했다.

"꽃 사시요, 꽃 사, 꽃을 사시요 꽃을 사, 사랑 사랑 사랑 사랑 사랑 사랑의 꽃이로구나…"

바우덕이가 신 나게 노래하자 2절부터는 단원들이 모두 합창을 했다.

"봉올봉올 맺힌 꽃, 숭올숭올 달린 꽃, 방실방실 웃는 꽃, 벌 모아다 핀 꽃, 나비 앉아 춤춘 꽃, 꽃 사시요 꽃 사…"

3절은 경화 형이 나서서 불렀다.

"이 송이 저 송이 각 꽃송이 향기 꽃, 이 꽃 저 꽃 각 꽃송이 해당화…"

경화 형이 노래를 멋지게 하자 바우덕이가 경화 형을 바라보며 활짝 웃었다. 그러고는 얼굴이 살짝 붉어졌다.
'그래… 바우가 경화 형을 좋아하는구나.'
나는 바우덕이가 경화 형의 줄타기를 배우기 위해 근처에 자주 가는 것으로 알았다. 그런데 이제 보니 경화 형 줄타기 솜씨뿐만 아니라 사람까지도 좋아하고 있었다. 은근히 화도 났지만 상대가 경화 형이라는 것을 생각하니 조금은 안심이 되기도 했다.

제5장

도적 떼를 만나다

느티나무에 앉아 한바탕 신 나게 놀면서 휴식을 취한 우리는 다시 길을 떠났다. 상주에서 안동으로 가는 길에는 낙동강이 흐르고 있어 배를 타고 건너야 했다. 일일이 소달구지에서 짐을 내려놓은 뒤 배에 실어야 했기 때문에 무척 힘이 들었다. 덕수 어른이 각자의 임무를 일러 주었다.

"덕만이, 승만이, 만덕이, 승찬이. 자네들은 우선 소달구지에서 짐을 배로 이동시키게. 그리고 경화, 선재, 민기, 도식이는 배에 짐을 잘 싣도록 하고. 그 다음 덕만 아주머니, 승만 아주머니, 승찬 아주머니는 혹시 짐이 무너지지 않는지를 잘 보세요. 자 시작하세. 바우는 맨 뒤에 오면서 떨어진 물건이 없는지 잘 살피거라."

단원들이 서둘러 움직였다. 한 나절이 안 돼 모든 짐을 배에 실었다. 뱃사공이 서서히 노를 저었다.

"어기야 디야 어허어허 어야 어허허허 어야 디야. 달은 밝고 (어디야 디야) 마음은 허전한데 (어기야 디야) 님 생각 절로 나네..."

몇 곡의 노래가 끝나자 배는 강 건너편에 도착했다. 짐을 내려 놓은 배가 다시 돌아가 소달구지도 실어 왔다. 우리 단원들이 다시 짐을 실으니 저녁이 다 되어 갔다. 마을까지 가려면 한참 남은 것 같은데 날이 서서히 저물고 있었다.

"이보게, 승만이. 오늘이 며칠인가?"

덕수 어른이 승만 아저씨에게 물었다.

"예, 칠월 열여드렛 날이외다."

"그럼 아직 달이 남아 있겠구먼. 밤길이 어둡지 않아 두문재 고개를 넘을 수 있겠다."

덕수 어른이 출발하기 전에 꽃오름패 단원들을 불러 모았다.

"자, 안동까지 가려면 고개를 넘어야 하니 모두들 마음을 단단히 먹어야 합니다. 아마도 오늘은 밤이 이슥할 때까지 걸어가야 할 것 같으니 단단히 준비하세요."

집을 나와 길에서 공연하고 길을 걷고, 길에서 자는 것쯤이야 남사당패에게 그리 어려운 일은 아니었다. 다만 큰 고개를 넘어야 한다는 사실에 조금 걱정이 되었다. 지난 몇 해 동안 흉년이 들어 농사일을 망친 사람들이 산으로 들어가 도적이 되었다는 소문이 전국에 자자했다. 이번에 넘는 두문재 고개에 도적들이 나타나면 공연해서 번 돈을 모두 빼앗길 게 뻔했다. 모두 걱정하고 있을 때 막내 바우덕이가 꼭두쇠 덕수 어른에게 나서서 제안을 했다.

"제 생각인데요. 우리 꽃오름패를 보호하기 위해서는 앞과 뒤에 힘이 센 아저씨들이 서고 중간에는 아주머니와 여자들이 서면 될 것 같아요. 그리고 주변에는 선재 오라버니나 경화 오라버니 같이 재빠른 남자들이 숲 속을 살피면서 가면 누가 와도 놀라지 않고 대처할 수 있을 것 같아요."

그러자 단원들이 모두 고개를 끄덕이며 바우덕이의 의견에 동의했다. 덕수 어른이 꿩털봉 (수평인 장끼의 털로 만든 지휘봉. 대개 남사당패의 우두머리인 꼭두쇠가 가지고 다닌다)으로 지휘하며 대처요령을 똑같이 지시했다. 이어 단원들은 모두 자기 자리로 돌아갔다. 날이 점점 어두워지자 어스름 달빛이 서서히 보였다. 밤이 더 깊어오자 둥근 달이 또렷해지면서 사방을 환하게 밝혔다. 충분히 밤길을 걸을 수 있을 정도가 됐다.

"와, 환하다."

내 앞에서 길을 가던 바우덕이가 감탄하며 소리를 질렀다. 좀 더 가니 길 옆 밭에 하얀 꽃이 가득 피어 있었다. 달빛에 비친 꽃들이 바람에 흔들리더니 "바스르르르…" 하는 소리를 냈다. 너무 아름다워 바우덕이에게 꽃 이름을 물으려고 고개를 돌렸다. 그러자 바우덕이가 나를 향해 환하게 웃으면서 말을 건넸다.

"오라버니, 메밀꽃 예쁘지? 저것 좀 봐. 꽃이 한밭 가득이야."

"그래, 나도 메밀꽃 좋아해."

나도 당연히 메밀꽃을 알고 있다는 말투로 대답했다. 5년 넘게 전국을 다녀봤지만 이렇게 예쁜 꽃밭은 본 적이 없었다. 옆에 있던 덕수 아저씨가 한마디 거들었다.

"너희들, 강원도 봉평에 가 보지 않아서 그래. 거기 가면 메밀밭 끝이 보이지 않아."

"여기보다 메밀꽃이 더 많아요?"

"그럼. 그곳에는 사방이 다 메밀꽃이야. 마을에 가면 메밀묵이며 메밀국수도 먹을 수 있지. 얼마나 맛있다고."

"와, 가 보고 싶다."

바우덕이는 두 손을 모으면서 간절히 기도하는 듯했다.

"너도 이제 곧 가게 될 거다."

촌장 덕수 어른이 너털웃음을 치며 말했다. 이런저런 이야기를 하면서 고개를 넘었다. 사방은 조용했고, 소달구지 바퀴 돌아가는 소리만 "끼익, 끼익" 났다. 그 소리에 산짐승들이 놀란 듯 가끔씩 후다닥 달아나는 소리가 들렸다. 산길을 많이 가 보지 않은 나는 그때마다 깜짝 깜짝 놀랐다. 사람이 달아나는 소리 같았기 때문이다. 내 앞에서 걷던 바우덕이는 나보다 훨씬 더 놀랐다.

아저씨들 말에는 산에서 사람 만나는 것이 제일 무섭다고 했다. 짐승들은 대게 도망가기 마련인데 산에서 만나는 사람은 해칠지도 모른다는 생각에 겁이 난다는 것이다. 산적들이라도 만나면 정말 큰일이다.

두문재 고개를 거의 다 넘어갔을 때였다. 촌장 어른이 잠시 쉬었다 가자고 소달구지를 세워 놓았다. 모두들 고개를 넘느라 온몸에 땀이 나 있었다. 물을 마시려고 물통을 꺼낼 때 어디선가 이상한 소리가 들렸다.

"부스럭, 부스럭…"

짐승소리가 아니었다. 짐승이라면 한 마리가 부스럭거리다가 후다닥 도망을 쳤을 것이다. 그런데 여러 곳에서 동시에 부스럭거리는 소리가 들려왔다.

이상한 조짐을 알아차린 덕수 어른이 오른손을 들어 주변을 조용히 시켰다.

"잠시 조용히 해 보시오. 무슨 소리가 들리는 듯하오."

그러자 분위기를 눈치 챈 경화 형을 비롯한 아저씨들이 소달구지에서 몽둥이를 꺼냈다. 그러고는 재빨리 우리 꽃오름패 주변을 에워쌌다. 자세를 낮추면서 주변을 돌아보았다. 사람들은 얼굴이 새파랗게 질렸다. 달빛인데도 겁에 질린 모습이 또렷이 보였다. 나는 마음속으로 기도했다.

'제발, 아무 일 없게 해 주세요.'

하지만 애절한 내 기도는 물거품이 되고 말았다. 숲 속에서 검은 그림자가 하나둘 보이더니 여기서 불쑥, 저기서 불쑥 솟아올랐다. 우리 꽃오름패보다 두 배는 많아 보였다. 손에 큰 칼을 들고 숲에서 어슬렁어슬렁 나와 우리 곁으로 다가오고 있었다. 산적들이 분명했다. 아주머니들은 와들와들 떨고 있었다.

"왜들 이러시오?"

덕수 어른이 앞으로 나가 침착한 목소리로 물었다. 그러자 산적 가운데 우두머리로 보이는 사람이 앞으로 나왔다. 여름인데도 짐승 가죽으로 만든 옷을 입고 있었다.

"오호라. 남사당패가 아니시던가?"

"그렇소만…."

덕수 어른이 대답했다.

"이놈들, 여기가 어디라고 함부로 지나가느냐. 이래 봬도 우리는 안동의 터줏대감, 두문재 지킴이다. 우리는 나라의 명을 받고 여기에서 통행세를 받고 있는 중이다. 특히 너희들같이 이리저리 떠도는 놈들한테는 통행세를 단단히 받으라는 나라의 명이 있었다."

새빨간 거짓말이 분명했다. 그렇다고 싸울 수도 없는 일이었다. 우리 편은 겨우 서른 명 밖에 되지 않았고, 무기라고 해 봐야 몽둥이가 전부인데 산적들은 시퍼런 칼까지 들고 있었다. 상대가 되지 않을 게 뻔했다. 더구나 우리는 여자와 아이들이 있었기 때문에 어떻게 해서라도 산적들을 잘 구슬려 빠져나가야 했다. 덕수 어른이 애원 작전을 썼다.

"산속에서 생활하시느라 고생이 많으시겠소. 잘 아시다시피 우리들도 이 땅에서 가장 천한 광대들이오. 먹고살 길이 없어 이렇게 조선 팔도를 떠돌아다니며 광대가 되어 살고 있소. 딱한 처지에 있는 백성들이니 우리에게 갈 길을 열어 주시오."

"어허, 이놈 보소. 우리를 가르치려 들고 있네. 네 이놈. 목숨이 두렵지 않느냐. 통행세를 내라고 말했는데도 말뜻을 못 알아듣고 있네 그려."

산적 우두머리가 어이없다는 말투로 대답했다.

주위의 산적이 모두 히죽거리며 웃었다. 분위기가 좋지 않게 돌아가고 있는 게 분명했다. 그때 바우덕이가 냉큼 앞으로 나와 산적들에게 말했다.

"안녕하세요, 아저씨들."

"네 놈은 뭐하는 놈인데 어른들 일에 참견하려 드느냐?"

산적들은 바우덕이가 남자 복장을 하고 있었기 때문에 모두 사내아이로 아는 게 분명했다.

"나도 이 남사당패 단원이에요. 우리는 갈 길이 바쁜데 아저씨들이 가로막고 서 있으니 곤란하잖아요. 제가 아저씨들 앞에서 묘기를 보여드릴 테니 그걸 보시고 길 좀 비켜 주세요."

"이 놈 봐라. 배짱 한번 두둑하구나. 그래 무슨 묘기냐?"

"제가 아저씨 어깨 위에서 한 바퀴 돌아 다시 어깨 위에 서 볼게요."

"뭐라? 내 어깨 위에서 한 바퀴 돌아 다시 선다고? 네 놈이 원

숭이라도 된단 말이냐?"

"그럼 저와 내기를 해요. 제가 돌면 우리를 보내 주시고 못 돌면 우리 짐을 다 빼앗아 가시면 되잖아요."

우두머리 산적은 망설일 틈도 없이 대답했다.

"그래, 이놈아. 그렇게 하자. 네 이놈, 너 오늘 죽었다."

주변에 있던 산적들도 우두머리의 말에 고개를 끄덕이며 재미있다는 표정을 지었다. 덕수 어른도 갑자기 벌어진 일에 어떻게 말을 해야 할지 몰랐다. 그러자 바우덕이가 촌장 어른 곁에 가서 나직이 말했다.

"걱정하지 마세요. 전 할 수 있어요."

별다른 방법이 없었던 덕수 어른도 바우덕이가 산적들과 한 내기에 찬성할 수밖에 없었다. 이윽고 꽃오름 남사당패와 산적들이 고갯마루 널찍한 공터에 둥글게 앉았다. 그렇게 하니 마치 한 가족처럼 다정해 보였다. 하지만 이 시합이 잘못되면 꽃오름패는 알거지가 될 판이었다.

바우덕이가 산적 우두머리 앞으로 나아갔다.

"아저씨, 제가 아저씨 어깨 위에 올라가면 두 손으로 발뒤꿈치를 잡아 주셔야 해요. 그리고 한 바퀴 돌기 위해 하늘로 뛰어오르면 곧 바로 한 발짝 앞으로 나가 주셔야 해요. 알겠어요?"

"그건 왜?"

"그래야 제가 한 바퀴 돌 수 있거든요."

별로 어렵지 않은 부탁에 산적 우두머리는 쉽게 허락을 했다.

"그거야 뭐 어렵냐. 내 그렇게 하마."

덕만 아저씨가 북을 잡았다. 덕만 아주머니는 장구를 잡았다. 꼭두쇠인 덕수 어른이 직접 꽹과리를 잡았다. 달밤에 풍물판이 벌어졌고, 그 앞에 바우덕이와 산적 우두머리가 공연에 나선 듯 했다.

북과 장구가 꼭두쇠 덕수 어른의 꽹과리 연주에 맞춰 자진모리장단을 치기 시작했다. 그러자 그 장단에 맞춰 꽃오름패 단원들이 손뼉을 치며 합창을 했다.

한참 분위기가 무르익자 바우덕이가 산적 무릎을 툭 차고 어깨 위에 올랐다. 그러자 산적 우두머리는 잠깐 놀란 표정을 짓다가 이내 털이 부슬부슬한 손으로 바우덕이의 발뒤꿈치를 꽉 잡았다. 산적들은 호기심에 찬 얼굴이었다.

"어쭈, 제법인데."

마음이 조마조마했다. 가슴이 터질 듯이 쿵쾅거렸다. 덕수 어른의 꽹과리 소리가 더 커졌다. 북소리와 장구 소리도 더 커지면서 빨라졌다. 곧 바우덕이가 한 바퀴 공중돌기를 할 순간이 다가

온 것이다.

"휘리릭!" 눈 깜짝할 사이에 달빛을 뚫고 바우덕이가 공중돌기를 하며 하늘로 올랐다. 그러자 산적 우두머리가 약속한대로 한 발짝 앞으로 나왔다. 곧바로 바우덕이가 산적 우두머리 어깨에 사뿐히 내려앉았다. 바우덕이의 몸은 마치 제비가 물을 차고 하늘로 올랐다가 제자리로 돌아오는 듯이 가벼워 보였다.

"와~아"

불당골 꽃오름 남사당패 단원들은 일제히 함성을 질렀다. 시합을 했다는 사실을 잊어버린 듯 산적들도 박수를 치며 환호성을 질렀다. 바우덕이 밑에 있던 산적 우두머리는 어깨 위에 바우덕이가 있는 것을 보고 얼굴을 찡그렸다. 하지만 바우덕이의 신기한 재주에 내심 감탄하고 있었다. 산적 우두머리 어깨에서 풀쩍 뛰어내린 바우덕이는 인사를 한 뒤 덕수 어른 앞으로 갔다.

"어르신, 제가 해냈습니다."

"그래, 장하다 바우야."

덕수 어른은 바우덕이 어깨를 두드려 준 뒤 산적 우두머리에게 말했다.

"이 보시오. 우리가 내기에서 이겼소. 우리는 갈 길이 바쁜 사람들이니 어서 길을 비켜 주시오."

상황이 어쩔 수 없다는 사실을 안 산적 우두머리는 길을 열어 주었다.

"네놈 졸개 재주가 제법이구나. 덕분에 좋은 구경했으니 통행세는 그것으로 대신하지."

덕수 어른이 정중하게 대답했다.

"고맙소. 이틀 후 안동장에서 공연이 있을 것이니 시간이 되면 구경 오시오."

으스름 달빛도 기울어 새벽이 가까워졌다. 밤이슬이 촉촉하게 내려 소달구지 짐이 비에 젖은 듯 눅눅했다. 꽃오름패 단원들은 소 엉덩이를 회초리로 때리면서 길을 재촉했다. 안동에 도착했을 때는 이미 동쪽에서 해가 떠오르고 있었다.

늦게 도착한 단원들은 천막을 친 뒤 곧바로 잠이 들었다. 얼마나 피곤했던지 모두들 코를 드르렁 드르렁 골았다. 그 소리가 천막 숙소를 넘어 시장 사람들 귀에까지 들렸다.

"아니, 어제 밤새도록 도둑질을 했나? 무슨 잠들을 저렇게 피곤하게 자지?"

"글쎄 말이야. 그런데 안성 불당골 꽃오름 남사당패가 상주 장에서 공연을 했는데, 정말 볼만했다던데? 어제 보부상(전국을 다니며 잡화를 팔던 등짐장수와 봇짐장수)들이 시장을 다녀갔는데 안 보면 크게 후회할

거라고 했어."

"그래? 한번 봐야겠네."

저녁이 다 되어 일어난 단원들은 공연 준비에 들어갔다. 안동 장에서는 특별히 공연 소식을 알리지 않아도 공연에 대한 이야기가 여기저기에서 흘러나왔다. 그래도 장소와 시간 정도는 알려 주어야 했다. 이번에도 꼭두쇠 덕수 어른과 덕만 아저씨, 그리고 바우덕이와 내가 내일 공연을 알리기 위해 시장에 나갔다.

"내일 점심 식사 후에 낙동강변 공터에서 우리 불당골 꽃오름 남사당패의 공연이 준비돼 있습니다. 이번 공연은 딱 한 번밖에 하지 않으니 바쁘시더라도 시간을 내어 꼭 구경 오시기 바랍니다."

이미 대부분의 사람들이 꽃오름패 도착 소식을 전해들은 듯했다. 그래서인지 시간을 알려 주자 여기저기서 박수를 보내며 '잘하라'는 격려를 했다. 박수까지 보내는 것을 보니 보통의 격려가 아닌 것 같아 의아했다.

"우리가 온 것을 어떻게 알았소?"

덕만 아저씨가 우리를 응원하는 한 상인에게 물어보았다.

"보부상들이 말해 줬지. 자네들이 대단한 일을 했다고 하더구먼."

"뭘요?"

"어제 두문재 고개에서 산적들에게 내기 시합을 이겼다면서?"

"그걸 어떻게 아셨어요?"

"소문이 쫙 퍼졌소. 자기들이 산을 내려와 낸 소문이겠지 뭐. 너무 신기하면 그럴 수도 있잖아."

천막 숙소에 도착했을 때는 이미 저녁 준비가 다 되어 있었다.

그날 저녁 밤하늘에는 별들이 산에 걸릴 듯 가까이서 빛나고 있었다.

"공기가 맑은 산속에는 별들이 내려와 잠을 자고 간단다."

승만 아저씨가 말해 주었다.

나는 거짓말이라 생각했는데 바우덕이는 승만 아저씨 말을 철석같이 믿는 듯이 말했다.

"그 별을 보는 사람이 남사당패의 꼭두쇠가 된대요."

"누가 그런 말을 했어?"

승만 아저씨가 호기심이 난 듯 말했다.

"우리 아버지가요."

"그래서 너희 아버지는 꼭두쇠가 되었니?"

"네. 우리 꽃오름패 보다는 작았지만요."

갑자기 주변이 조용해졌다. 모두들 산속에 내려와 자고 가는 별님을 보고 싶어 하는 눈치였다. 당연한 거짓말인데도 바우덕이가 말하자 왠지 믿고 싶은 모양이다.

"징~~~징~~~"

안동장 공연에 앞서 시장을 한 바퀴 도는 길놀이에 나섰다. 풍물패 단원들로 구성된 이십여 명의 선발대가 길게 한 줄로 서서 꽹과리, 장구, 북, 징, 소고를 치며 출발했다.

소고를 잡은 단원들이 상모를 돌리기도 했다. 맨 앞에서 꼭두쇠 덕수 어른이 총 지휘를 하며 풍물패를 이끌었다. 머리에 꿩의 깃털을 꽂은 모습이 늠름했다. 꽃오름 남사당패 대장답게 믿음직스러운 눈빛과 동작을 선보였다. 안동장은 상주장보다 더 많은 사람들이 모여 발 디딜 틈이 없었다. 안동장에서의 공연도 대성공이었다. 불당골 꽃오름패는 다시 짐을 꾸려 영주장과 단양장, 충주장, 장호원장을 거쳐 이천장으로 향했다.

제6장
이천장에서 최고의 공연을 펼치다

어느 장에서나 최선을 다했지만 꽃오름패에게 이천장은 특별했다. 거리 공연을 정리하는 마지막 공연이면서 그동안 갈고닦은 실전 경험을 총망라하는 공연이었기 때문이다. 그래서 매년 이천장 공연에 앞서 단원들은 남다른 각오들을 했다.

이천장에서의 대동풍물공연이 시작되었다. 전체 단원들은 다 나와 공연장에서 꽹과리, 북, 장구, 징을 두드리며 아침부터 흥겨운 풍풀판을 벌였다.

이른 아침 단원들이 악기를 메고 길놀이를 시작했다. 먼저 상 쇠가 꽹과리로 장터 사람들에게 인사를 하는 장단을 쳤다. 맨 앞에는 불당골 꽃오름패의 꼭두쇠인 덕수 어른이 섰다. 수꿩의 깃털이 모자 위에서 멋지게 흔들렸다. 그 다음에 경화 형이 부 꼭두 쇠인 뜬쇠로 꽹과리를 잡고 있었다. 찢어질 듯한 꽹과리 소리가 이천장에 퍼져나갔다.

"게깽 게깽 게게게깽 깽…"

장구와 북을 멘 단원들도 함께 악기를 두드렸다.

"둥둥 둥둥 두두둥둥 둥…"

징이 마지막 장단에 큰 소리를 냈다.

"뎅"

처음 인사를 한 풍물패는 긴 용 모양으로 장터를 돌기 시작했다. 평소에 갈고닦았던 풍물 실력이 여지없이 드러났다.

"게갱, 갱께, 갠지게, 갱깨, 갱갱께, 갠지게 갱께, 갱게깨 갱께 깽, 갱 께게게, 갱깨깽…"

장구도 소리를 냈다.

"덩덩, 덩따, 덩기덕, 덩따, 쿵따쿵, 덩쿵따쿵따, 덩쿵따 쿵따 쿵, 덩 쿠쿵따, 쿵따쿵…"

북이 덩 장단과 쿵 장단에 맞춰 굵고 웅장한 가죽 소리를 냈다.

더 띄엄띄엄 사이 장단에 징이 소리를 내면서 장터 분위기를 고조시켰다. 뒷쪽으로는 가열, 삐리, 나귀쇠, 저승패 등이 춤을 추고 흥겨운 풍물판을 달궜다. 특히 대열에서 벗어나기도 하면서 거지 옷을 입

고 춤을 추는 잡색들은 장터 아낙들을 희롱하며 웃음을 자아냈
다. 그들은 큰 소리로 풍물굿 공연 홍보를 하기 시작했다.

　"이천에 사는 모든 사람들에게 고합니다. 오늘 저희 안성 불당
골 남사당패 꽃오름이 이천장에서 올해 마지막으로 성대한 공연

을 펼칠 예정이니 모두들 구경 나오세요. 이번 공연에는 꽃오름 패가 자랑하는 이경화의 외줄타기와 바우덕이의 설장구 공연이 특별 무대로 마련돼 있으니 이 기회를 놓치지 마세요!"

두 시간이 넘도록 풍물패는 시장 구석구석을 다녔다. 시장 입구 당산나무 아래에서는 당산굿을 펼치고 시장 귀퉁이에 있는 우물에서는 샘굿을 했다. 샘굿에는 꽹과리와 장구가 서로 마주 보며 "호호. 호허." 하면서 짝을 맞춰 신명을 돋웠다.

"호 호, 호 허, 개 게께깽 게께깽 갠지게 갱깨…"

"호 호, 호 허, 덩 덩따쿵 덩따쿵 덩쿵따 쿵따…"

허리를 굽혔다 폈다를 반복하며 흥겨운 장단에 맞춰 춤을 추는 꽃오름패는 전혀 지친 기색이 없이 풍물삼매경에 빠져 있었다. 풍물패의 흥겨움에 빠져든 이천장터 사람들도 풍물패 무리에 뒤섞여 춤추기에 여념이 없었다.

점심때가 다 되어서도 풍물은 멈추지 않았다. 풍물을 치다가 지친 단원 몇 명은 대열에서 나와 막걸리를 몇 잔 마시고 다시 대열에 합류하기도 했다. 전체의 대열이 치는 풍물은 그치지 않고 계속 이어졌다. 배가 고픈 단원들에게 이천장 식당 주인들이 주먹밥을 뭉쳐 와서 입에 넣어 주기도 했다. 풍물패와 이천장터 사람들이 일심동체가 되어 시장 이곳저곳을 다녔다.

풍물 소리는 미시(오후 한 시부터 세 시)가 넘어 한 번 멈췄다. 꼭두쇠인 덕수 어른이 꽹과리를 치며 강강술래 노래를 하기 시작했다.

"강강술래. 천천히 돌아 보세. 강강술래. 남생아 놀아라 쫄래촐래가 잘 논다. 어화색이 저녁이. 쫄래촐래가 잘 논다. 고구남생이 놀아라. 워사 적사 쫄래촐래가 잘 논다. 소사리가 내른다. 쫄래촐래가 잘 논다. 모두모두 놀아라. 쫄래촐래가 잘 논다. 오매 폴닥 잘 논다. 쫄래촐래가 잘 논다."

수백 명의 장터 사람들이 손에 손을 잡고 거대한 진영을 만들기 시작했다. 커다란 원이 안으로 말려들어 가는 듯 진을 만들다가 거꾸로 빠져나오기도 했다. 뛰는 속도가 느렸다가 빨라졌다가 하기도 했다. 진영을 짜는 사람들의 이마는 어느덧 땀범벅이 되어 있었다. 하나 되어 춤을 추는 사람들은 시간이 가는 줄도 몰랐다.

강강술래가 끝나고 꼭두쇠 덕수 어른이 꽹과리로 다시 풍물놀이의 시작을 알리자 장구와 북, 징이 일제히 폭발음을 내기 시작했다. 집집마다 찾아가는 길굿이 시작됐다. 단순한 자진모리장단에 맞춰 풍물패가 이동했다.

"갠지게, 갠지게, 갠지게, 갠지게…"

"덩따쿵, 쿵따쿵, 쿵따쿵, 쿵따쿵…"

집집마다 방문한 풍물패는 부엌으로 가서 조왕신을 일일이 불러 집안의 평온을 기원하며 액맥이타령을 불렀다.

"어허루 액이야, 어루 액이야, 어기 영차 액이로구나. 정월 이월에 드는 액은 삼월 사월에 막고, 삼월 사월에 드는 액은 오월 단오에 다 막아낸다. 어허루 액이야, 어루 액이야, 어기 영차 액이로구나. 오월 유월에 드는 액은 칠월 팔월에 막고, 칠월 팔월에 드는 액은 구월 귀일에 다 막아낸다. 어허루 액이야, 어루 액이야, 어기 영차 액이로구나. 구월 귀일에 드는 액은 시월 모날에 막고, 시월 모날에 드는 액은 동지섣달에 다 막아낸다. 정칠월 이팔월 삼구월 사시월 오동지 육섣달, 내내 돌아가더라도 일 년하고도 열두 달 만복은 백성에게, 잡귀잡신은 물알로 만전위전을 비옵니다."

불당골 남사당패 꽃오름 공연의 백미는 경화 형의 외줄타기였다. 해가 지기 전 장터 중앙에 세워 놓은 외줄에는 신의 경지에 오른 경화 형이 한 마리 나비가 춤을 추듯 외줄을 탔다. 모두들 손에 땀을 쥐어 가며 공중돌기를 구경했고 성공할 때마다 박수

갈채가 쏟아졌다. 경화 형에 이어 바우덕이의 설장구 공연은 해가 지고 어둠이 주변을 가린 한밤중에 이루어졌다.

군데군데 장작불을 피워 장구춤과 불의 너울거림이 묘한 조화를 이뤘다. 바우덕이가 가냘픈 몸에 장구를 메고 나풀나풀 무대에 뛰어들어 인사를 했다. 처음에는 천천히 장구를 치더니 점점 빨라졌다. 때로는 무대를 빙글빙글 돌고 장구채가 양쪽을 오가며 소리를 냈다.

"덩 덩 쿵따쿵. 덩따 쿵 덩따 쿵. 쿵따 쿵따 쿵따 쿵. 덩 기덕 쿵따 쿵. 덩 따다 쿵따 쿵. 기덕 쿵 따따 쿵. 덩 쿵 쿵따 쿵. 덩쿵 따다 쿵따 쿵. 덩 쿵 따 따. 쿵따 따 쿵따 쿵."

장단을 자유자재로 치는 바우덕이의 장구 솜씨는 말분 아주머니가 말했던 어머니를 쏙 빼닮은 듯했다. 자신이 배워서 터득했다기 보다 타고 나온 듯한 천재성을 간직하고 있었다. 공연을 보는 사람들은 입을 다물 수가 없었다.

"어떻게 사람의 몸으로 저런 공연을 할 수가 있단 말인가?"

바우덕이는 무동과 외줄타기도 잘했다. 다른 이들은 한 가지도 하기 힘든데 바우덕이는 공연을 다니는 동안 남사당패가 하는 모든 기술을 터득하고 있었다.

자시(밤 11시에서 새벽 1시 사이)가 다 되어 가면서 공연도 서서히 끝이 보이기 시작했다. 단원들이 다시 길을 나서면서 굿거리장단에 맞춰 거리굿을 했다.

"개갱 개갱 개갱 갱깨."

"덩따 덩따 덩따 쿵따."

장터 아이들은 졸린 눈을 비벼 가며 풍물패를 따라다녔다. 아침부터 밤늦게까지 계속된 공연이었지만 어른들은 여전히 구름 위에 있는 듯 가볍게 춤을 추었다.

대단원의 막이 서서히 내려졌다. 꼭두쇠인 덕수 어른이 꽹과리로 자진모리 장단을 치기 시작했다.

"갠지 갠지 갠지게…"

장구와 북이 따라왔다.

"덩기 덩기 덩따쿵따…"

한참 동안 장터 중앙을 돌던 꼭두쇠가 휘모리장단을 쳤다.

"갠지 갠지 갠지 갠지…"

"덩덩 쿵따쿵. 덩덩 쿵따쿵…"

휘몰이장단으로 고조된 분위기를 이어가려는 듯 꼭두쇠는 휘모리장단보다 빠른 엇모리장단을 치기 시작했다.

"갱 갱 갱 갱…"

"덩따따 쿵따쿵…"

풍물 소리가 하늘을 뚫을 기세였다. 풍물패와 장터 사람들의 몸과 정신이 하나가 된 듯 똑같이 움직였다. 진동하던 풍물 소리가 절정에 이른 뒤 꼭두쇠인 덕수 어른이 풍물의 종료를 알리는 꽹과리를 쳤다.

"갱께 갱께 갱께 깨."

마지막으로 징이 울렸다.

"징."

꿈같은 공연이 막을 내렸다. 하늘에는 은하수가 총총히 떠서 불당골 남사당패 꽃오름 단원들을 내려 보며 인사말을 하는 듯했다.

'여러분, 수고하셨어요.'

제7장
불꽃같은 사랑에 빠지다

꽃오름패는 시월 말이 되어서야 불당골로 돌아왔다. 덕수 어른이 앞장선 꽃오름패는 마을 입구에서부터 풍물을 울렸다.

"덩~ 덩따 쿵따쿵. 덩~ 덩따 쿵따쿵."

꽃오름패가 돌아온다는 소식에 괄허 스님이 동구 밖까지 마중을 나왔다.

"모두들 고생 많았네. 어서 들어가 그동안 있었던 일이나 들어보세."

꽃오름패 깃발을 펄럭이며 청룡사에 도착한 단원들은 먼저 부처님께 인사를 올렸다. 덕수 어른이 입을 열었다.

"이번 공연에서 우리 꽃오름패는 아주 큰 성과를 거뒀습니다. 꽃오름패가 조선 제일이라는 사실은 익히 알고 있는 사실이지만 바우가 단원이 되어 뛰어난 남사당패의 실력을 다시 한번 보여 주었습니다. 오늘은 기쁜 날이니 동네 잔치를 열어 그동안의 피로를 말끔히 씻어 버립시다."

즐거운 웃음소리가 마을에 가득 찼다. 바우덕이는 절에서 내려오며 내게 말했다.

"오라버니, 늘 이렇게 살았으면 좋겠어. 너무 너무 행복해."

승만 아저씨 집에서 돼지를 잡았다. 마을 사람들이 모두 모여 고기를 사이좋게 나눴다. 마을에는 오랜만에 고기 굽는 냄새가 진동을 했다.

그해 겨울은 공연해서 번 돈이 넉넉해 집집마다 양식이 충분했다. 불당골 꽃오름패의 명성도 높아져, 전국에서 재주를 배우겠다고 몰려드는 사람들이 넘쳐났고, 마을 사람들은 그들과 아낌없이 음식을 나눠 먹었다.

재주를 가르치는 사람 가운데 가장 인기 있는 사람은 역시 경화 형이었다. 워낙 실력이 뛰어난지라 그 기술을 다 배운 사람은 한 명도 없었다. 그런데 경화 형의 외줄타기 기술을 따라오는 한 사람이 생겼다. 바우덕이였다. 바우덕이는 나이가 들수록 허리가 잘록해졌고, 몸도 날렵해졌다. 바우덕이는 점점 줄 위에서 자유롭게 움직이더니 경화 형의 기술을 하나씩 습득해 갔다.

언제나 말이 없는 경화 형은 묵묵히 자기 일을 열심히 했다. 더구나 외줄타기 일인자가 된 이후부터는 철저하게 몸 관리를 했다. 외줄을 탄다는 것은 위험천만한 일이고, 모든 신경을 집중시켜야 사고가 나지 않기 때문이다. 사실 사고가 전혀 나지 않는다는 것은 말이 되지 않는다. 경화 형도 외줄타기 연습을 하는 동안 크고 작은 사고를 당했다. 팔이나 발목이 접질리는 일은 다반사였다. 그럴 때에도 경화 형은 겨우 천 조각으로 부상 부위를 감고 연습을 계속했다. 부상을 딛고 연습을 계속 했기에 조선 팔도의 외줄타기 명인이 될 수 있었던 것이다.

철저히 관리한 경화 형의 몸은 단단하고 다부졌다. 줄을 타기 위해 몸도 가볍게 유지했다. 팔과 다리는 잔근육으로 뭉쳐져 날씬했다. 허리는 다른 남자들보다 잘록하고 가슴근육도 다른 사내들보다 작지 않았다. 많은 연습량으로 만들어진 중심 잡힌 몸은 건장한 20대 사내의 모습이었다.

경화 형은 연습이 없을 때 혼자서 산책하는 것을 좋아했다. 가끔은 팔짱을 끼고 먼 하늘이나 노을을 한참이나 바라보았다. 경화 형 역시 말 못할 사연을 안고 있는 듯했다. 불당골에 언제 들어왔는지 다른 어른들한테나 경화 형에게 물어보지는 않았지만 나보다 훨씬 일찍 들어온 게 분명했다. 그러니 족히 10년은 넘었을 것으로 추측된다. 그러면 열 살 이전에 불당골에 들어와 살았다는 계산이 나온다.

청룡사 요사채(사찰에서 스님들이나 신도들이 생활하는 집) 한 칸에 살고 있는 경화 형은 주로 법당에 가거나 주지 스님과 이야기를 했다.

한번은 우연히 주지 스님과 경화 형이 나누는 대화를 엿들은 적이 있었다.

"스님, 저는 부처님 가르침을 따르는 스님이 부럽습니다."

"그러냐? 그럼 너도 나처럼 머리를 깎으면 될 것 아니냐?"

"엄두가 나지 않습니다."

"왜 엄두가 나지 않느냐?"

"내 안에서 뭔가 나를 움켜잡고 있는 게 있습니다."

스님과 경화 형의 대화는 진지했다. 잘 이해가 되지 않았지만 두 사람의 대화는 조용하면서도 무게가 있었다. 중대한 이야기를 나누는 게 분명했다.

"너를 움켜잡고 있는 그것이 무엇이라고 생각하느냐?"

"뭐라고 딱 꼬집어 말씀드릴 수는 없지만 마음 한 편에 있는 것은 분명합니다."

"그것은 집착이다."

"집착이요?"

경화 형이 화들짝 놀랐다.

"그래, 집착이다. 모든 사람들이 가지고 있으니 너무 걱정할 필요는 없다. 다만 너는 그 집착이 다른 사람들보다 강한 것뿐이다. 일찍 불당골에 들어와서 혼자 살다 보니 그런 집착이 생겼나 보구나."

경화 형이 수긍하는 듯했다.

"맞아요. 스님, 저는 항상 누군가 저를 찾아올 것이라는 막연한 기대감을 가지고 살아왔어요. 그 기다림에 이제 집착하게 되어 버렸습니다. 처음에는 제가 기다리는 사람이 저의 가족일 거라고 생각했어요. 그런데 나이를 먹을수록 한 여인이라는 생각이 들어요."

"허허허. 그래서 네가 스님이 될 마음을 갖지 않는 거로구나."

"부끄럽습니다. 스님."

여자들은 늘 슬픈 표정을 하고 있는 경화 형을 좋아했다. 공연을 하는 날에는 합숙하는 곳까지 찾아와 경화 형을 만나겠다는 여자들이 줄을 서곤 했다. 그때마다 경화 형은 정중하게 돌려보 냈다. 자신의 공연을 잘 봐 주고 칭찬해 주는 것까지만 고맙게 생 각한다고 했고, 개인적으로 만나자는 제안은 무조건 거절했다. 아마도 경화 형이 기다리는 여인은 아직 오지 않은 모양이었다.

"마음은 고맙지만 저는 이미 아내와 자식이 있는 몸이라서요. 죄송합니다."

이렇게 거짓말을 하면 대부분의 여자들은 실망스런 표정을 지 으면서 돌아갔다. 그렇게 수년 동안 전국 장터를 돌아다니던 경 화 형에게 변화가 감지된 것은 바우덕이가 공연단에 합류하고부 터였다.

경화 형은 늘 얼굴에 그늘이 있었는데 바우덕이가 온 후 조금씩 사라지고 있었다. 처음 공연을 떠났을 때 바우덕이의 나이는 여덟 살이고 경화 형은 스무 살이니 차이가 꽤 있었다. 시간이 흐르고 바우덕이가 열두 살이 되던 해부터는 둘 사이가 사뭇 진지해지기 시작했다.

바우덕이는 커 가면서 피부는 백옥같이 변했고, 눈 옆에 귀밑 머리가 보송보송 내려와 아름다운 여인으로 변하기 시작했다.

"경화 오라버니 어떻게 발끝으로 외줄 위에 올라갈 수 있어요? 힘들지 않아요?"

바우덕이는 시시콜콜한 이야기를 꺼내며 경화 형님에 대한 관심을 보였다. 그러다가 차츰차츰 서로의 마음을 나누는 사이로 변해 갔다.

"오라버니는 왜 절에서 나오지 않고 혼자서 사세요? 나이가 들었는데 장가도 가지 않고."

이런 말을 하면 경화 형은 갑자기 얼굴이 홍당무가 돼 버렸다. 말끝이 흐려지기도 했다.

"어, 그건 말이다. 내가 생각하고 있는 게 있어서 그래."

"그게 뭔데요? 저에게 말해 보세요."

"어, 어…"

안절부절못하는 경화 형의 모습을 보며 바우덕이는 재미있다는 표정을 지으면서 놀려먹기까지 했다. 둘은 사이좋은 오누이같이 강둑을 나란히 걸어가며 도란도란 이야기를 하는 때가 많아졌다. 그러던 어느 가을날부터 손을 잡기 시작했고, 불당골 꽃오름패에서는 둘의 관계를 공식적인 정인으로 인정하기에 이르렀다.

그렇다고 둘은 당장 혼인할 처지가 못되었다. 내가 보기에 경화 형은 바우덕이와 혼인하고 싶은 마음이 있는 듯도 했다. 하지만 바우덕이는 아니었다. 경화 형을 사랑하기는 하지만 혼인까지는 추호도 생각하지 않았다. 바우덕이에게는 사랑보다 더 중요한 게 있는 듯했다. 바우덕이는 불당골 꽃오름패의 모든 기예를 다 배울 태세였다. 그렇지만 둘의 사랑은 남극과 북극의 자석이 붙듯이 점점 강력해지고 있었다.

사실 나도 바우덕이를 마음에 둔 적이 있었다. 바우덕이가 점점 성숙한 여인으로 보였지만 경화 형과의 관계를 아는지라 감히 다가갈 수 없었다. 이루어질 수 없는 사랑이라 마음이 아프기도 했다.

그러는 사이 바우덕이와 경화 형의 사랑은 감처럼 무르익고 있었다. 외줄타기의 기술을 거의 배운 바우덕이가 경화 형과 나란히 외줄을 탈 때면 둘의 몸과 마음이 하나가 되는 듯 보였다. 또 외줄타기를 마친 뒤 줄에서 뛰어내리면 경화 형이 바우덕이의 몸을 받아 안았다. 바우덕이가 줄을 타다가 부상을 입었을 때는 어김없이 경화 형이 지극히 간호를 해 주었다. 발목이 삐었을 때는 손수 어깨를 내어 주기도 했고, 근육이 뭉치면 토닥토닥 두드리며 풀어 주기도 했다. 그렇게 두 사람은 한 쌍의 원앙이 되어가고 있었다.

한 번은 먼 곳에서 바우덕이를 받아 안은 경화 형과 바우덕이의 얼굴이 포개지는 것도 보았다. 둘은 그렇게 사랑을 나누는 사이가 되어 있었다.

　불당골 꽃오름패 단원들은 그런 모습을 보면서 외로운 학 두
마리가 서로를 기대며 살아가기를 기원했다.

제8장
조선 최고의 꼭두쇠가 되다

타고난 신체 조건에다 피나는 연습을 하던 바우덕이는 조선 최고의 재주인 허궁잽이(두 발을 모아 허공에 떠서 연속 돌아 줄 위에 서는 기술)를 한 번 돌았다. 열세 살 때였다.

하지만 그해 가을에 사고를 당하고 말았다. 허궁잽이 기술을 안정적으로 펼치기 위해 연습하다가 발을 헛디뎌 그대로 땅에 곤두박질치고 만 것이다. 떨어지면서 짚은 팔은 그만 부러지고 말았다.

급히 의원을 불러 부러진 뼈를 맞추고 붕대로 칭칭 감아 움직이지 못하게 묶었다. 그런 바우덕이를 본 경화 형의 얼굴은 사색이 되어 있었다.

　"내가 뭐라 하였느냐. 허궁잽이를 돌 때는 정신을 집중해야 한다고 하지 않았느냐? 너는 분명 공중을 돌면서 엉뚱한 생각을 하고 있었어."

　"잘못했어요. 오라버니. 집중하려고 했는데 돌아가신 아버지 어머니 생각이 갑자기 나서요. 왜 그런지 모르겠어요. 요 며칠 사이에 줄타기 연습만 하면 그래요."

　"그렇구나…. 언제 좋은 날을 잡아 아버지 어머니 산소에 다녀오자꾸나."

　"네? 함께요?"

　"왜? 내가 함께 가면 안 되느냐?"

　"그런 것은 아니지만…."

　바우덕이의 얼굴이 빨개졌다. 마음속으로 '좋아요, 함께 가요.'라는 말을 수백 번은 한 것 같았다.

　두 달 넘게 움직이지 못한 바우덕이는 2월 초순이 되어서야 붕대를 풀었다. 그동안 살찌는 것이 두려웠는지 매일 서운산을 오르내렸다. 그래서 다치기 전보다 다리에 힘이 더 붙은 듯했다.

바우덕이는 다치면서 아주 큰 결심을 한 것이 분명했다. 뜀뛰기 연습을 계속하며 공중돌기 기술이 들어 있는 '허궁잽이'에 모든 것을 거는 듯했다.

　손이 다 낫고 바우덕이는 다시 줄 위에 올랐다. 줄 위에 선 바우덕이의 눈빛을 보고 나는 바우덕이가 그 이상의 무엇을 준비한다는 걸 직감했다. 내 예감은 그대로 들어맞았다. 바우덕이는 외줄타기 최고의 기술인 허궁잽이에서 한 발 더 나아간 허궁공잽이 기술을 연마하려했다. 허궁잽이 기술은 공중에서 한 바퀴 돌면서 앞뒤로 회전하는데 비해 허궁공잽이 기술은 공중에서 두 바퀴를 돈 뒤에 줄 위에 서야 한다. 이 기술은 경화 형도 하지 못하는 기술이었다. 바우덕이는 경화 형을 이기려는 것이 아니라 자신의 능력을 시험하려는 듯했다.

　2월 중순이었다. 보름달이 밝아 밤에도 주변이 환하게 다 보였다. 아직 바깥 날씨가 쌀쌀해 공연 연습을 하기에는 적절하지 않은데도 바우덕이는 경화 형에게 애원해 살판을 만들었다. 줄 매기는 혼자의 힘으로는 도저히 되지 않아 경화 형에게 부탁을 한 것이다. 줄을 맬 때는 남자 세 명은 있어야 했다. 경화 형은 바우덕이가 연습할 줄인지 알면서도 자기가 연습할 것이라며 줄을 맸다.

살판을 만드는 동안 바우덕이는 줄넘기로 몸을 풀었다. 한 줄 넘기부터 두 줄 넘기까지 자유자재로 줄을 넘었다. 바우덕이는 우리 단원 가운데 유일하게 줄을 세 바퀴 돌리며 넘는 세 줄 넘기를 했다. 그야말로 공중에서 붕붕 날아다녔다.

"줄 다 맸다. 바우야."

"고마워요, 경화 오라버니."

"연습할 때는 반드시 바닥에 짚을 충분히 깔아 놓고 해야 한다. 안 그러면 또 다친다."

경화 형은 멍석 위에 짚을 한 짐 지고 와서 깔아 놓았다. 바닥이 푹신푹신해졌다.

"이만하면 괜찮겠다."

바우덕이에 대한 경화 형의 마음을 옆에 있는 나조차 느낄 수 있었다.

'경화 형이 바우를 끔찍하게 좋아하는구나.'

이런 생각을 하니 괜히 마음이 서글퍼졌다. 나도 경화 형 못지않게 바우덕이를 좋아한다는 생각이 그때서야 느껴졌다.

'공연하다 줄에서 떨어져 버려라.'

아주 못된 생각까지 하게 되자 더 이상 이래서는 안 되겠다는 생각이 들었다.

'내가 왜 이런 생각을 하지? 이래서는 안 되는데….'

다시는 둘에 대한 나쁜 생각을 하지 않겠다고 마음속으로 다짐했다. 그러고는 바우덕이만 행복하다면 경화 형과 혼인해도 좋다는 넉넉한 마음까지 먹었다. 그러니 마음이 가벼워졌다. 다시 바우덕이에게 가 보니 벌써 외줄 위에 올라가 있었다. 단단하게 매어진 줄에서는 "웅~웅" 소리가 났다.

"선재 오라버니, 나 좀 봐 줘요. 허궁공잽이 할 거예요."

바우덕이가 공중에 날아올랐다. 그러고는 눈 깜짝 할 사이에 공중을 한 바퀴 돌아 줄 위에 가뿐하게 내려왔다.

이어 바우덕이는 공중을 두 바퀴 돌아 줄에 서는 처음 보는 연기를 펼쳐 보였다. 순간 하늘에서 내려온 선녀가 공중돌기를 하는 것 같았다.

"저, 저, 저건 허궁공잽이…"

경화 형이 소스라치게 놀라며 소리쳤다. 놀란 형의 얼굴이 붉어졌다. 옆에 있던 나도 벌떡 일어났다. 이 재주는 그 누구도 시도하지 못했던, 신의 경지에 이른 묘기였다.

"어, 어, 어…."

엄청난 기술을 보고 입을 다물지 못하고 있는데 바우덕이가 다시 줄 위에 올라갔다. 줄이 우는 소리가 다시 "웅~웅" 하고 났

다. 다시 공중에서 두 바퀴를 가뿐하게 회전을 한 바우덕이는 줄 위에 사뿐히 내려앉았다.

"바우야, 네가 허궁공잽이를 하다니….”

경화 형은 말을 잇지 못했다.

"오라버니들 앞에서 꼭 한번 해 보고 싶었어요. 밤마다 서운산을 오르내리면서 반드시 해낼 것이라고 굳은 결심을 했었지요. 하늘에 계신 아버지 어머니도 이 모습을 보고 기뻐하실 거예요.”

경화 형과 나는 바우덕이를 데리고 촌장 어른 집으로 달려갔다. 촌장 어른은 마당에 멍석을 깔아 놓고 덕만 아저씨와 이야기를 나누고 있었다.

"어르신, 경화입니다.”

"어, 자네 왔는가. 웬일인가. 밤공기가 찬데.”

경화 형의 입술이 떨렸다. 그러면서도 좋아서 안절부절못하는 사람처럼 얼굴에는 함박웃음을 짓고 있었다.

"바, 바우가 허궁공잽이를….”

"뭐라고?”

경화 형의 말을 이해하지 못한 촌장 어른이 내게 물었다.

"지금 경화가 무슨 말을 한 거냐?”

나도 입술이 떨렸다. 하지만 경화 형보다 정확하게 전했다.

"바우가 오늘 저녁 달빛 아래서 허궁공잽이를 돌았어요. 그것도 두 번씩이나요."

"뭐, 뭐라고 허궁공잽이를?"

촌장 어른과 덕만 아저씨가 똑같은 말을 하며 화들짝 놀랐다.

"그, 그게 무슨 말이냐? 자세하게 설명해 보아라."

덕만 아저씨가 다그쳐 물었다. 그러자 경화 형이 흥분을 가라앉히고 찬찬히 말했다.

"바우가 허궁공잽이를 해냈어요. 선재도 보았어요."

꼭두쇠 덕수 어른은 바우덕이의 손을 잡고 외줄을 설치해 놓은 마을 입구로 단숨에 달려갔다.

"어디 한 번 더 해 보거라."

"예, 어르신."

바우덕이가 외줄 위에 올라 줄을 몇 번 굴리며 탄력을 받은 뒤 하늘로 뛰어올랐다. 바우덕이는 정확하게 두 바퀴 공중을 돌아 외줄 위에 가뿐하게 내려섰다. 새들이 먹이를 찾아 떠났다가 나래를 치며 둥지로 돌아오는 것처럼 아주 익숙한 몸놀림으로 바우덕이는 허궁공잽이 연기를 펼쳐 보였다.

"됐다. 내려오너라."

덕수 어른은 아무 말 없이 집으로 돌아갔다. 가끔씩 하늘을 쳐다보고 땅을 내려다보면서 걸어가는데 어깨가 들썩거렸다. 불당골에서 허궁공잽이를 도는 재주꾼이 나왔다는 것에 대한 감격의 눈물을 흘리고 있는 것이 분명했다.

몇 달 후 부처님 오신 날이 지나고 다시 공연을 떠날 시간이 됐다. 길을 나서기에 앞서 덕수 어른이 불당골 꽃오름패 단원들을 불러 모았다.

"오늘부터 새로운 서열을 정하겠습니다. 재주를 유심히 본 결과 좋은 실력을 갖춘 몇 사람의 위치를 높여 주기로 했어요. 우선 말숙 아주머니는 삐리에서 가열로, 칠복이는 가열에서 뜬쇠로 승격합니다. 그리고 지금까지 위치를 정하지 않은 바우는…."

잠시 주변이 조용해졌다. 우리 불당골 꽃오름패의 아주 특별한 재주꾼인 바우덕이가 어떤 지위를 받을 것인지는 모두가 궁금했다.

"바우는 오늘부터 경화와 같이 뜬쇠에 명합니다. 며칠 전 바우는 외줄타기에서 허궁공잽이 기술을 터득했어요. 그래서 지금까지 해 오던 버나돌리기는 그만하고 경화와 함께 외줄을 타도록 하겠습니다. 바우가 추던 무동춤은 막내 조막손이 할 것입니다."

조막손은 지난해 겨울에 들어 온 아홉 살배기 남자아이다. 나이에 비해 키가 작았지만 날렵해서 무동을 제법 잘 탔다. 이제 열네 살이 된 바우덕이보다 더 가볍고 몸도 작아 내가 태우기에는 딱 좋았다. 하지만 손이 작아 무동을 타고 접시를 돌리지는 못해 공연장에서 박수를 많이 받을지 의문이다. 대신 틈틈이 태평소 부는 역할도 맡기로 했다.

바우덕이가 외줄을 타던 그해 불당골 꽃오름패의 인기는 하늘을 찌르는 듯했다. 경화 형의 외줄타기 솜씨만 해도 조선 팔도에서 제일인데 여기에다 바우덕이의 허궁공잽이 기술을 선보이면 모두가 넋을 놓았다.

"저건, 사람이 아니야. 하늘에서 내려온 선녀야, 선녀."

구경꾼들은 바우덕이가 열네 살 여자아이라는 사실을 알고는 더 놀랐다. 그녀의 명성은 삽시간에 입에서 입으로 전해지며 전국에 알려지게 되었고 그녀를 칭송하는 유행가까지 나돌 정도였다.

"안성 불당골 꽃오름패 바우덕이 소고만 들어도 돈 나온다. 안성 불당골 꽃오름패 바우덕이 치마만 들어도 돈 나온다. 안성 불당골 꽃오름패 바우덕이 줄 위에 오르니 돈 쏟아진다. 안성 불당골 꽃오름패 바우덕이 바람결에 잘도 떠나간다."

그 다음해 공연을 나가기 한 달 전 꼭두쇠 덕수 어른이 청룡사에 단원들을 모두 모이게 했다.

"오늘은 중대한 발표를 하겠습니다. 우리 불당골 꽃오름 남사당패의 새 꼭두쇠를 지명해야 할 때가 된 것 같아요. 나는 그동안 20년이 넘게 꼭두쇠 역할을 맡아 왔습니다. 이제 공연 나가는데도 힘이 모자랍니다. 새롭게 우리 꽃오름패를 이끌어 줄 사람을 지목하고, 저는 물러나겠습니다.

불당골 꽃오름패의 새 꼭두쇠가 될 사람은, 바우덕이입니다. 이번 공연부터 모든 결정은 새로운 꼭두쇠 바우덕이가 할 것이니 모두들 그리 알고 새 꼭두쇠의 말을 잘 따르도록 하세요."

사람들은 깜짝 놀라 서로 얼굴을 마주보며 멀뚱멀뚱 눈을 돌렸다. 바우덕이가 경화 형을 누르고 이렇게 어린 나이에 꼭두쇠가 될 줄은 아무도 몰랐다. 하지만 꼭두쇠의 말이 곧 명령이고 법이 되는 남사당패 세계에서는 그 누구도 거부할 수 없었다.

특히 새 꼭두쇠를 물려주는 권한은 꼭두쇠에게만 있는 것이기 때문에 아무도 이의를 제기할 수 없었다. 조금은 섭섭했을 경화 형도 당연히 그래야 한다는 듯이 박수를 보냈다. 바우덕이가 꽃오름패 앞에 나왔다.

"열다섯 살 어린 제가 조선 최고의 남사당패인 안성 불당골 꽃오름패의 꼭두쇠를 맡게 되었습니다. 그것도 여자인 제가 말입니다. 여태껏 여자가 꼭두쇠에 오른 적은 없었습니다. 공연을 할 때, 아직도 제가 여자인지 모르는 사람들도 많습니다. 하지만 여자라고 해서 꼭두쇠가 되지 말라는 법은 조선 어디에도 없습니다. 양반들만 대접는 이 땅에서 우리 남사당패에 여자 꼭두쇠가 세워진 건 참으로 중요한 사건입니다. 이는 우리 불당골만이라도 차별 없이 살아가고자 하는 덕수 어른의 큰 결심이 있었기 때문이라 생각합니다. 그 뜻 깊이 새겨 조선 최고의 남사당패 명성을 이어 나가는 최고의 꼭두쇠가 되겠습니다."

바우덕이의 눈에서 눈물이 흘러내렸다. 경화 형과 나 그리고 다른 꽃오름패 단원들도 감격의 눈물을 흘렸다. 바우덕이가 불당골에 들어 온 지 꼭 십 년이 되던 해였다.

제9장

경복궁 연회에 초대되다

　바우덕이가 불당골 꽃오름패 꼭두쇠가 되자 덕만 아저씨 집을
나와 혼자서 집 한 채를 사용했다. 촌장인 덕수 어른은 한 해 전
에 이미 새 꼭두쇠를 위해 집을 따로 한 채 지어 놓았다.

　바우덕이는 여자의 몸으로 꼭두쇠가 되었지만 달라진 것은 없
었다. 다만 나이가 어려 경화 형이 가까이서 도움을 주곤 했다.

　모두 꼭두쇠 바우덕이가 경화 형과 혼인을 할 것이라고 믿었
다. 하지만 재주꾼인 두 사람이 마음 놓고 사랑을 속삭일 처지는

못 되었다. 보통 사람들처럼 나이가 들어도 아기를 낳을 운명을 가지고 태어나지 못했기 때문이었다. 조선 최고의 재주꾼이 아기를 가지면 줄을 타지 못할 것이고, 그러면 우리 불당골 꽃오름 패의 이름도 전국에 날릴 수 없다. 슬픈 운명이었다.

바우덕이는 힘들고 어려운 일을 잘 처리하는 경화 형에게 많은 것을 상의했다. 그렇다고 경화 형에게만 모든 일을 맡기지는 않았다. 꽃오름패 단원들 모두에게 필요한 일들은 상의해서 결정했다. 각자에게 맞는 일을 맡겼기 때문에 단원들은 기쁜 마음으로 각자 맡은 일을 척척 해냈다.

바우덕이는 누구에게나 공손했다. 그래서 여자의 몸이지만 누구 하나 업신여기거나 깔보지 않았다. 꼭두쇠 바우덕이는 경화 형 다음으로 나를 자주 찾아 상의했다. 자연스레 세 명이 모여 의논하는 일이 많았다.

빨간 산사 열매가 익어 조롱조롱 나무에 매달린 어느 가을날 바우덕이가 나와 경화 형을 급히 찾았다.

"오라버니들, 상의할 일이 생겼어요. 아주 중요한 일이에요."

"뭔데?"

바우덕이는 불당골 남사당패의 꼭두쇠였지만 나와 경화 형은 개인적인 자리에서는 바우덕이를 동생으로 대했다.

"오늘, 청룡사 주지 스님께 들었어요. 한양에서 경복궁이라는 대궐을 짓고 있는데 전국의 남사당패를 초청해 부역꾼(노동을 세금으로 제공하는 백성)들을 위로한다고 합니다. 날짜는 11월 16일이에요."

"그래, 아주 좋은 기회야. 경복궁이라면 대원위대감(고종의 아버지인 흥선대원군)이 책임지고 하는 큰 공사야. 거기에서 우리의 재주를 선보이니 얼마나 의미 있는 일이야."

경화 형은 이미 상당한 정보를 알고 있는 것 같았다. 경화 형은 외부 사람들과 만날 기회가 많았고, 또 젊은 청년이었기 때문에 세상 돌아가는 이야기에 대해서는 다른 사람들보다 많이 듣는 편이었다. 꼭두쇠인 바우덕이도 이미 마음속에 어떻게 해야 하겠다는 생각을 정리한 듯이 또박또박 앞으로 계획에 대해 털어놓았다.

"우선, 백 명이 훌쩍 넘는 꽃오름 단원 모두를 데리고 갈 수는 없어요. 경복궁 공사장에서라면 엄청나게 큰 공연이 될 테지만 실력이 뛰어나고 경험이 많은 단원들을 뽑아서 가야 할 것 같아요. 제 생각에는 서른 명 정도가 적당할 것 같습니다."

나도 바우덕이의 생각에 동의했다. 단원이 모두 공연에 참가하기는 어려워 보였다. 시장에서 하는 공연은 단원이 많을수록 신명이 나지만 큰 공연에서는 다른 남사당패와 비교가 된다. 이번

127

공연은 어느 남사당패가 전국에서 제일인가를 겨뤄보는 신경전도 있을 터였다.

"나도 같은 생각이다."

경화 형이 맞장구를 쳤다. 옆에 있던 나도 고개를 끄덕였다. 경화 형이 구체적인 이야기를 꺼냈다.

"먼저 꽃오름패 복장부터 새로 바꿔야 할 것 같다. 공연 때는 날씨가 쌀쌀할 것이고, 지금의 우리 복장으로는 다른 남사당패와 구별이 잘 안되거든."

"그래요. 경화 오라버니는 회의가 끝나는 대로 그 일을 처리해 주세요. 복장은 지금의 오색이 들어간 것 보다는 흰 저고리에 검은 조끼를 입고 빨간 띠를 길게 늘어뜨리도록 해요. 머리에는 상모를 쓰는 사람 빼고는 모두 빨간 천을 두르는 것으로 해요. 그러면 훨씬 멋있어 보일 거예요."

바우덕이는 어려운 일을 쉽게 해결해 나갔다.

"단원은 적지만 실력 있는 사람들로만 구성하도록 해요. 저와 경화 오라버니, 선재 오라버니, 덕만 아저씨와 아주머니, 승만이 아저씨가 중심이 되어야 하고 태평소를 잘 부는 조막손이를 맨 앞에 세워야겠어요. 나이가 제일 어리니까 그쪽으로는 사람들에게 인기가 아주 좋을 거예요."

공연에서 돌아와 피곤할 법도 한데 새로운 공연 일정이 잡히자 불당골은 무척 바빴다. 선발된 서른 명의 단원들은 포목점에서 가서 몸 치수도 쟀다. 선발에서 제외된 사람들도 섭섭해 하지 않았다. 오히려 큰일을 위해 길을 나서는 단원들을 도와 필요한 일을 스스로 찾아서 해 주었다.

시월 말부터 불당골에는 서리가 내렸다. 여름내 푸르던 풀잎들이 찬 서리에 얼어 죽어 들판은 스산했다. 예전보다 겨울이 일찍 찾아오는 듯했다. 날씨가 추워지자 지난 회의 때 새 복장을 맞추자고 한 것은 참 잘한 일이 되었다. 산뜻하게 새 공연복을 입어보니 날아갈듯 기분이 좋았다.

한양으로 가기 전날 마지막으로 단원들이 모두 모여 악기를 정비하며 전체회의를 열었다.

"자, 내일이면 한양으로 출발합니다. 뭐 궁금하거나 지금 해야 할 일이 있다면 여기서 이야기하십시오."

꼭두쇠 바우덕이가 말하자 주변이 조용해졌다. 그동안 착실하게 준비해 온 터라 특별하게 할 말들은 없어 보였다. 뒷줄에서 순덕 아주머니가 한마디했다.

"이번 공연이 중요하다고 하니 내친 김에 우리 남사당패가 그동안 당해 온 서러움을 좀 해결할 방법은 없을까요? 최소한 전국 공연을 다닐 때 장소 정도는 나라에서 내 주었으면 해요. 도적 떼들 습격도 막아 주었으면 하는 바람도 있어요. 그래야 우리 남사당패들도 입에 풀칠할 것 아니겠습니까?"

"예, 순덕 아주머니. 좋은 말씀이에요. 기회가 된다면 반드시 지금 말씀하신 문제를 해결해 보도록 할게요. 자, 오늘 회의는 이 정도로 마치고 모두 내일 공연 준비에 만전을 기해 주세요."

그렇게 준비를 마친 남사당패는 공연 이틀 전에 안성을 출발해 남태령에서 하룻밤 자고 다음 날 한양에 도착했다. 경복궁 앞에는 부역꾼들이 가득 모여 있었다. 우리가 도착한 날은 하루의 휴식이 주어진 듯했다. 저마다 가지고 다니던 연장을 내려놓고 광화문 앞 넓은 마당으로 향했다.

"여기가 한양이구만, 캬~, 사람 냄새 조~오타."

막내 조막손이 태평소를 어깨에 걸치고 제법 폼을 잡았다. 그는 한양 공연 단원이 된 것이 무척 기분 좋은 듯했다.

"자, 입장합시다!"

꼭두쇠 바우덕이가 힘차게 명령을 내렸다. 조막손이 태평소를 길게 울렸다.

"삐리리~"

이어 경화 형의 꽹과리 소리가 "칭칭" 소리를 내며 울렸다. 뒤 따라 장구를 멘 한 무리가 이어지고 그 뒤에 북을 멘 단원들과 징, 소고 행렬이 이어졌다. 공연장으로 들어가는 길은 나쁜 기운을 막는 노래, 액맥이타령을 하기로 했다.

"어루액이야 어루액이야 어기영차 액이로구나. 정월 이월에 드는 액은 삼월 사월에 막고, 삼월 사월에 드는 액은 오월 단오에 다 막아낸다 어기영차 액이로구나."

행사장에 도착하니 벌써 황해도 봉산탈춤패가 공연을 펼치고 있었다. 넓은 마당에 단상이 마련돼 있고 그곳에는 관직이 높은 어른들이 앉아 구경을 하고 있었다. 그 중에서도 제일 중간에 한 사람이 큰 도포(조선 시대에 남자들이 통상 예복으로 입던 옷)를 입고 앉아 있는데 얼핏 보아도 대원위대감 같았다. 이런 엄청난 자리에서도 봉산 탈춤패는 아무런 흔들림 없이 열심히 공연을 하고 있었다. 굿거리장단에 맞춰 탈을 쓴 여러 명이 한삼 자락을 휘날리며 덩실덩실 탈춤을 췄다. 탈을 쓴 사람은 스님 복장을 하고 있었고, 커다란 사자탈을 쓴 사람도 있었다.
"아얏, 쉬~아얏, 쉬~쉬이~"
장단이 멈추자 한 명의 춤꾼이 나왔다.

"산중에 틀어박혀 세월 가는 줄 몰랐더니 꽃피어 봄이요, 잎 돋아 여름이라. 오동낙엽에 가을이요. 건너 푸른 소나무 위에 흰 눈이 펄펄 휘날리니 겨울이 아니더냐. 낙양동천 이화정."

봉산탈춤패들이 공연장을 뜨겁게 달구고 있었다. 전국에서 이름 난 남사당패인 만큼 공연 열기는 대단했다. 먼저 공연하는 남사당패는 기억에서 빨리 지워질지도 모른다고 말하며 경화 형이 공연 순서를 확인하러 다녀왔다. 다행히 꽃오름패는 맨 마지막이었다. 모두가 안도의 한숨을 내쉬는 듯했다.

덕수 아저씨가 최고 인기 있는 남사당패는 맨 마지막에 공연하는 것이 일반적이라는 말을 했다. 아마도 우리 꽃오름패의 명성을 알고 그렇게 배치한 것 같았다. 봉산탈춤패는 공연을 계속하며 관객들의 마음을 사로잡고 있었다.

"녹수청산 깊은 골에 청룡황룡이 꿈틀어졌구나…"

한바탕 신명나게 놀자, 우레와 같은 박수 소리가 터져 나왔다.
"잘 한다. 한 번 더 해라."
"한 번 더, 한 번 더…"

봉산탈춤패의 공연이 끝나자 단상에 대원위대감이 올라왔다.

"여봐라, 저들에게 은전 열 꾸러미와 음식과 술을 내 주도록 하라."

"예, 합하."

다음 공연 순서로 밀양 백중놀이패가 커다란 북을 들고 등장했다.

"우리는 경상도 밀양 땅에서 농사를 지어 먹고사는 백중놀이패올시다. 이번에 임금님의 부름을 받고 한 달 넘게 걸려 한양 땅에 도착했소. 너무 지치고 힘이 들지만 궁궐 짓는 여러분들만 하오리까. 오늘 공연 보면서 쌓였던 피로 확 풀어 던져 버리고 멋들어진 집 꼭 지어주소. 어허이…."

머리에 큰 삿갓을 쓴 꼭두쇠가 이리저리 뛰어다니며 꿩과 노루를 사냥하는 행동을 했다. 나머지 사람들은 논에서 모내기를 하는 동작을 계속하며 꼭두쇠를 쳐다보았다. 그러다가 단원들이 우루루 공연장에서 빠져나가고 꼭두쇠만 남아 우렁찬 목소리로 말했다.

"쉬~이, 쉬~이, 오늘 한양 땅 벗님네들 공사장에 와 보니 어매, 무슨 장수들이 이리도 많은고. 모두 전국에서 힘 좀 쓴다는 사람들이 모였으니 당연하겠지만, 그래도 여기 팔 힘 대장 한번 뽑아 보세.”

그러자 근육이 툭툭 튀어나온 장수 이십여 명이 성큼성큼 공연장 앞 탁자로 나왔다. 이내 풍물이 둥둥 울리고 두 명씩 팔씨름을 하기 시작했다. 십여 명이 팔씨름에 지자 자기 자리로 돌아가고 남은 사람들이 또 팔씨름을 하더니 마지막으로 두 명이 남았다.

“어디서 온 누구입니까?”

꼭두쇠가 물었다.

“지는 충청도 서산에서 온 김막돌이유.”

상대방에게도 물었다.

“평양에서 온 박대패요.”

평양에서 온 박대패라는 사람이 눈 깜짝할 사이에 김막돌의 팔목을 꺾어 손등이 바닥에 닿게 해 버렸다. 흥겨운 풍물이 이어졌다. 일등한 박대패는 상품으로 비단 한 아름을 안고 유유히 공연장을 빠져나갔다.

밀양 백중놀이패가 다시 북을 둥둥 울리면서 공연장을 정리한 뒤 오북놀이 공연을 시작했다. 북을 어깨에 둘러멘 다섯 명의 청년이 손을 위로 치켜들며 큰 원을 그렸다. 이어 각자 굿거리장단에 맞춰 북춤을 덩실덩실 추며 원을 맴돌았다. 다리를 쭈욱 올리는 솜씨며 북을 굿거리장단에 맞춰 '둥 둥'하고 치는 솜씨는 신비해 보이기까지 했다.

'저들은 엄청난 고수다.'

천 리가 넘는 길을 걸어 온 사람들이라고는 도저히 볼 수 없는 춤꾼들이었다. 큰 원 안에서 춤을 추던 춤꾼들이 이번에는 원에서 한 발 한 발을 움직이며 북 가죽을 때리지 않고 북통을 "딱 딱" 치며 돌았다. 앞에서는 "둥 둥" 하는 소리가 하늘을 타고 오르는 느낌을 받게 하더니 이번에 "딱 딱" 하는 소리는 땅에서 말을 달리며 신 나게 초원을 달리는 기분을 들게 했다. 그렇게 한참을 돌던 춤꾼들이 이번에는 큰 연못의 물이 빙글빙글 돌다가 한 곳으로 흘러들어 가듯이 북을 "덩 기덩 덩 기덩" 쳤다. 박자에 맞춰 원이 작아졌다.

긴장된 분위기의 장단이 계속되다가 북채를 들어 "쿵 딱딱딱딱, 딱딱딱딱딱, 더덩 더덩 딱딱 쿵!" 하는 장단을 친 뒤 다시 뿔뿔이 흩어졌다. 흩어진 춤꾼들은 다시 굿거리장단에 맞춰 각자 큰 원과 작은 원을 그리면서 춤을 추었다. 북소리가 내는 신명은 어떤 연희 패보다 뛰어났다.

밀양 백중놀이패 공연 역시 관객의 큰 호응을 받았다. 단상에 있는 고위 관료들도 일어나 박수를 쳐 주었다. 이어 흥선대원군

이 이들에게 상을 내리라는 소리가 울려 퍼졌다.

"저들에게 은 스무 꾸러미와 말 두 필을 내려 노고를 치하하라."

"예, 합하."

휴식하는 동안 잠시 뒷간을 다녀온 관객들이 자리에 다시 앉았다. 이미 한나절이 지났다. 배고픈 사람들은 시장에 펼쳐진 음식점에서 막걸리 한 사발씩 마시고 공연장으로 들어왔다. 사회자가 마지막으로 우리 꽃오름패를 소개했다.

"자, 오늘 공연의 끝을 장식할 안성 불당골 꽃오름 남사당패를 소개합니다."

인사 장단을 치며 경화 형이 흥을 돋웠다. 공연장은 신명이 넘쳤다. 버나돌리기와 무동춤에 이어 탈놀음판이 시작됐다. 넋을 잃은 관객들은 아예 집으로 돌아갈 생각을 잊어버린 채 땅 바닥에 앉았다. 11월의 추위가 얇은 소매를 파고드는데도 우리 꽃오름패 공연에 푹 빠져들었다.

이제 조선 최고의 여성 꼭두쇠 바우덕이의 숨막히는 외줄타기 공연이 펼쳐질 시간이 되었다. 날씨가 쌀쌀해 외줄타기를 하기에는 적당하지 않았다. 하지만 수많은 사람들의 뜨거운 성원을 등질 수 없는 상황이었다. 바우덕이가 마당으로 나와 멍석 위에서 몸을 풀자 많은 사람들이 박수를 치며 호응했다.

"잘한다, 바우덕이. 잘한다, 바우덕이."

바우덕이는 경화 형의 등을 밟고 풀쩍 하늘로 올라 외줄에 새처럼 올라앉았다. 외줄 아래에서는 일제히 북과 장구가 소리를 내며 바우덕이의 몸짓을 올려다보았다.

"웅~웅"

외줄이 울고 있었다. 이런 소리가 나면 바우덕이는 반드시 허궁공잽이를 성공했다. 예감이 좋았다. 그렇지만 나는 재빨리 줄 밑으로 가서 발을 헛디뎌 떨어질 것에 대비를 했다. 모든 신경이 줄 위에 집중되었다.

바우덕이는 노련했다. 하늘이 내려 준 최고의 재주꾼답게 주변을 의식하지 않았다. 드디어 바우덕이가 높이 뛰어올랐다.

"와~"

탄성이 터져 나왔다. 한양에 사는 높은 관직을 가진 양반들도 허궁공잽이는 처음 보았는지 입을 다물지 못했다. 바우덕이의 검은 조끼와 허리에 맨 붉은 띠가 유난히 눈에 띄었다. 부채를 든 바우덕이의 손은 11월 추위에도 전혀 떨리지 않았다. 마치 하얀 두루미가 날갯짓을 하며 허공을 날아올랐다가 둥지로 돌아가는 듯한 착각을 일으켰다. 바우덕이가 줄에서 내려올 때까지 관객

들은 숨을 죽인 채 고개가 아프도록 바라보고 있었다.

"와~"

바우덕이가 줄 아래로 내려오자 긴 함성 소리가 울려 퍼졌다.

"조선의 최고 남사당패는 역시 안성 불당골 꽃오름패다."

"바우덕이는 조선 최고의 꼭두쇠다."

여기저기서 아우성치듯이 소리가 터져 나왔다. 관객들은 자리를 떠나지 않고 한참 동안 선 채로 박수를 쳐 주었다. 그러는 사이 꽃오름패 단원들이 공연장을 정돈하고 일렬로 서서 인사를 올렸다. 박수 소리가 이어졌다. 공연장은 흥분의 도가니였다.

단상에서 군졸이 공연장 분위기를 환기시키는 북을 쳤다. 그러자 한 명의 장수가 깃발을 올리며 꽃오름패를 향해 소리쳤다.

"안성 불당골 남사당패 꽃오름 꼭두쇠는 단상 앞으로 나오너라."

갑자기 공연장은 찬물을 끼얹은 듯 조용해졌다. 다른 남사당패는 공연이 끝나면 노고를 치하하는 의미에서 은전 몇 꾸러미와 상품을 주었는데 이번에는 분위기가 사뭇 달랐다. 사람들은 혹여 꽃오름패가 잘못한 것이 있는지 걱정스러워 자리를 옮기지 못했다. 꼭두쇠 바우덕이가 온몸에 땀이 젖은 채 단상으로 올라갔다. 귀밑머리가 바람에 흩날렸다.

'제발 아무 일 없어야 할 텐데….'

나는 마음속으로 기원을 하고 또 기원했다. 자주색의 큰 두루마기를 입은 사람이 걸어와 의자에 앉았다. 대원위대감이었다. 대감의 흰 수염이 바람에 흩날렸다. 바우덕이는 무릎을 꿇고 고개를 숙였다.

"안성 불당골 꽃오름패 꼭두쇠 바우덕이 인사드립니다."

"그대가 꼭두쇠인가?"

"그러하옵니다 합하."

"으흠. 그대의 재주는 조선 팔도가 아니라 이 세상 모든 재주꾼들을 다 불러 모아 놓아도 최고임이 분명하다."

"그렇게 칭찬해 주시니, 성은이 망극합니다."

"그래. 그대의 목소리를 들으니 남자가 아닌 것 같은데…."

순간 주변이 조용해졌다.

"그러하옵니다. 저는 어려서 부모님을 여의고 안성 불당골로 들어와 꽃오름패의 보호를 받으며 재주를 익혔고, 여자의 몸으로 꼭두쇠가 되어 전국을 다니고 있습니다."

"허허, 여자의 몸으로 조선 제일의 남사당패가 되었다니 참으로 대단한 일이구나. 내 오늘 그대에게 후한 상을 내리겠으니 너희들에게 필요한 것이 있으면 망설이지 말고 말해 보거라."

"예, 저희들은 그동안 조선 팔도를 다니면서 백성들의 애환을 어루만져 주었습니다. 하지만 저희 남사당패들은 나라로부터 천대와 멸시를 받아 왔습니다. 전국을 다니며 공연을 할 때도 안전이 보장되지 않아 어려움을 겪고 있습니다. 이 점 널리 헤아려 주소서."

"으흠. 참으로 비통한 일이로구나. 그렇다면 나라에서 어떤 조치를 해 주면 되겠느냐?"

바우덕이가 또렷하게 대답했다.

"아뢰옵기 황공하오나 우선 조선의 남사당패들이 양반네들이나 도적으로부터 약탈을 당하지 않게 조치를 해 주셨으면 합니다. 아울러 전국 장터에 남사당패가 공연할 수 있도록 공간도 마련해 주셨으면 합니다."

대원위대감이 신하를 불러 명령했다.

"당장 전국 팔도에 명을 내려 남사당패에 대한 억압과 약탈을 금지하도록 하라. 그리고 전국 장터에 공연장을 마련해 백성들이 공연을 관람할 수 있도록 조치하라."

"성은이 망극하옵니다. 이 은혜 평생 잊지 않겠습니다."

"그대에게 줄 것이 있다."

"예?"

순간 바우덕이는 놀라 고개를 들었다.

"너의 재주는 천하의 백성들을 위로하고 있으니 그 공을 치하하고 싶다. 내 너에게 정삼품 당상관의 옥관자(조선 시대 벼슬을 받은 사람이 머리에 쓴 옥)를 내려 남사당패의 위상을 높이고 싶구나."

"예? 제게 정삼품 당상관 옥관자를 주신다고요?"

바우덕이는 깜짝 놀라 뒤로 넘어질 뻔했다. 정삼품 당상관은 각 고을의 최고 수령과 같은 지위의 벼슬이다. 만약 이 옥관자를 가지고 있다면

각 고을마다 다니면서 군사를 빌려 지휘할 수도 있었다. 이렇게 된다면 아무도 남사당패를 업신여길 수 없게 될 것은 확실했다. 이런 일은 조선 역사 어디를 살펴봐도 있을 수 없는 일이었다. 잠시 후 신하가 옥관자를 가지고 대원위대감 앞으로 갔다.

"합하, 옥관자를 대령했습니다."

대원위대감이 바우덕이에게 옥관자를 내려 주었다.

"그대는 오늘부터 정삼품 당상관(조선 시대 벼슬 중에서 3품 이상의 품계를 가진 사람을 부르는 존칭)으로 임명되었으니 전국의 남사당패 보호에 최선을 다하라."

"예, 합하. 명을 받들어 시행하겠나이다."

꼭두쇠 바우덕이의 눈에서 소나기 같은 눈물이 펑펑 쏟아졌다. 함께 공연을 했던 꽃오름패 단원들도 그 자리에 앉아 엉엉 울음을 터트리고 말았다. 공연에 참가했던 봉산탈춤패와 밀양백중놀이패도 옥관자를 내려 준 대원위대감에게 정중하게 감사의 예를 올렸다. 가을 하늘이 짙푸르게 물들어 있고 삼각산에 걸린 구름들도 밝게 미소를 띠며 흘러가고 있었다.

황홀했던 경복궁 공연을 마친 불당골 꽃오름 남사당패는 이제 예전의 천한 남사당패가 아니었다. 나라에서는 말과 수레를 내어 주었고 꼭두쇠 바우덕이는 정삼품 벼슬을 가진 관리가 되었다.

이제 바우덕이는 일반 평민들도 올려 불러야 하는 '나리'가 된 것이다. 양반들도 꽃오름패 꼭두쇠를 함부로 대할 수 없게 됐다. 세상이 완전히 바뀐 것이나 다름없었다. 나도 이번 공연의 공로가 반영돼 가열에서 뜬쇠로 서열 한 단계가 올랐다.

한양으로 올라갈 때는 어렵게 올라갔지만 내려오는 길은 금의환향의 길이었다. 꼭두쇠 바우덕이는 사모관대를 갖추고 말을 타고 내려왔다. 우리 꽃오름패 단원들도 수레에 하사품을 잔뜩 싣고 내려왔다. 불당골에는 전국의 남사당패가 구름같이 모였다. 마을 입구에 도착하자 모든 단원들이 수레에서 내렸다. 막내 조막손이 태평소를 하늘을 향에 힘껏 불었다.

"삐리리리~"

서운산으로 바람이 스며들어가듯 태평소 소리가 청룡사에까지 흘러갔다. 절에서는 좋은 일이 있을 때 치는 범종이 여러 번 울렸다. 꼭두쇠 바우덕이의 정삼품 당상관 등극을 축하하는 종소리였다.

"그동안 고생들 많았네. 꼭두쇠가 아주 큰일을 했어."

청룡사에 도착하자 괄허 스님도 칭찬해 주었다.

"이 모두가 스님과 불당골 사람들이 도와준 덕분입니다."

불당골 사람들이 모두 큰 박수로 바우덕이의 벼슬을 축하해 주었다. 불당골에서는 보름이 넘게 풍악을 울리는 잔치가 계속 됐다. 바우덕이가 관직에 오른 것을 축하하는 잔치였지만 이 잔치는 수백 년 동안 천대받아 왔던 남사당패의 울분을 풀어내는 잔치였다. 그래서 많은 남사당패들이 수백 리를 한 걸음에 달려와 바우덕이에게 감사의 인사를 올렸다.

한 달 가까이 되자 흥분된 분위기가 서서히 가라앉았다. 바우덕이는 사모관대를 벗고 꼭두쇠로 돌아와 불당골 사람들을 예전과 똑같이 대했다. 마을에 손님들이 빠져나가자 꼭두쇠 바우덕이는 경화 형과 나를 찾았다.

"두 오라버니, 제가 다녀 올 데가 있습니다."

"어디를 가려고?"

내가 물었다.

"돌아가신 어버지와 어머니에게 다녀오려고 해요."

"그래, 진작 다녀왔어야 했는데 늦었어. 나와 선재와 같이 가자 내가 안성장에 급히 나가 제사상을 봐 올 터이니 선재 동생은 꼭두쇠를 모시고 나들이 채비를 해 주게나."

경화 형이 바쁘게 방을 나갔다. 잠시 후 채비를 마친 나와 바우덕이는 말을 타고 안성 배나무골로 향했다. 배나무골로 가려면 안성장을 지나야 했다. 말을 몰아 시장에 도착할 즈음에는 경화 형이 시장을 다 보고 우리 일행을 기다리고 있었다.

"자, 이거 수레에 싣도록 해라."

나는 시장을 본 보따리를 수레에 싣고 앞장섰다. 말이 얼마나 빠른지 점심시간이 덜 돼서 배나무골에 도착했다.

"하나도 변한 게 없네…."

바우덕이의 얼굴에는 눈물이 가득했다. 손수건을 눈가에 댄 바우덕이는 뒷산으로 올라갔다. 그곳에는 두 개의 묘가 나란히 있었다.

"어? 누가 묘지를 단장해 놓았지?"

누가 이미 풀을 베어 깨끗하게 치워 놓았고 '김끝쇠의 묘', '서유리의 묘'라고 새겨진 묘비까지 세워져 있었다.

"꼭두쇠가 한양에 다녀와서 아버지 어머니를 찾을 것 같아 내가 며칠 전에 정돈해 놓았어."

"무덤을 어떻게 찾았어요?"

"마을 사람들에게 물어서 찾아냈어."

경화 형이 조용히 말했다.

"오라버니, 정말 고마워요."

바우덕이가 경화 형에게 진심을 담아 감사의 뜻을 전했다.

우리 셋은 간단한 제물을 올려놓고 절을 했다. 바우덕이는 묘에 엎드려 흐느꼈다.

"아버지, 어머니, 제가 조선 최고의 꼭두쇠가 되어 이렇게 찾아왔어요. 이제부터 남사당패가 다시는 멸시받고 천대받지 않도록 노력할 거예요."

한참을 통곡한 바우덕이는 경화 형의 어깨에 기대어 산을 내려왔다. 나는 먼저 내려와 두 사람을 기다렸다. 두 사람은 따로 할 말이 많이 있을 것 같았다.

제10장
찔레꽃처럼 지다

불당골 남사당패 꽃오름은 가는 곳마다 환영을 받았고, 공연하는 곳마다 사람들이 넘쳐났다. 정삼품 당상관의 자리에 오른 바우덕이는 다른 사당패의 어려움까지 돌봐주느라 더욱 바빴다. 그렇지만 바우덕이는 여전히 우리 꽃오름 남사당패를 이끄는 지도자이기도 했다. 이제는 여성임을 당당하게 내세워도 누구 하나 업신여기지 못했다. 그럼에도 꼭두쇠 바우덕이는 항상 겸손했고 공연 연습을 게을리하지 않았다.

바우덕이는 공연 때마다 최고의 줄타기 재주를 보여 주었다. 공연이 끝나면 다시 불당골 가족의 일원이 됐다. 바뀐 것이 있다면 공연을 나갈 때마다 조마조마했던 마음을 털어 낼 수 있다는 것이었다.

꿈같은 시절이 지나고 있었다.

공연을 성공적으로 마친 뒤, 불당골에 돌아온 꼭두쇠 바우덕이는 몸져누웠다. 몸에 열이 용광로처럼 펄펄 끓었다.

"어서 의원을 데려오시오."

경화 형이 부리나케 소리를 질렀다. 안성에서 의원이 급히 도착해 바우덕이를 진료했다. 바우덕이 방을 나오는 의원에게 덕수 어른이 물었다.

"어떤가요? 의원님."

의원은 고개를 절레절레 흔들었다.

"어떻게 이 지경까지 두었습니까?"

"이 지경이라니요. 뭔가 잘못됐습니까?"

의원은 조용하게 말했다.

"무리하게 공연한데다가 너무 먹지 않아 영양실조가 왔습니다. 거기다가 폐병이 깊어졌어요. 더 이상 가망이 없어 보입니다."

"가망이 없다고요? 저 사람이 누군지 아십니까. 조선 팔도의 남사당패를 책임지고 있는 정삼품 당상관 바우덕이란 말입니다."

"예? 저 분이 정말 바우덕이 당상관 나리십니까?"

소스라치게 놀란 의원이 다시 진맥을 했다. 하지만 그의 얼굴에는 이내 검은 그림자가 드리워졌다.

"의원으로서는 더 이상 할 일이 없습니다. 마지막 가는 길을 가족들이 잘 지켜 주십시오."

경화 형이 애원하듯 의원 옷자락을 잡고 매달렸다.

"의원님, 이 사람 이제 겨우 스물세 살입니다. 제발 살려 주세요."

불당골 사람들은 날벼락 같은 슬픈 소식에 큰 충격을 받았다. 하지만 의외로 바우덕이는 차분했다. 마치 자신의 운명을 이미 알고 있는 듯 죽음을 편안하게 받아들이는 것 같았다. 매일 뜬 눈으로 밤을 새며 우는 경화 형을 오히려 위로했다.

"이제 그만 우세요 오라버니. 그런다고 제 병이 고쳐지는 것도 아니잖아요."

바우덕이는 급격하게 쇠약해져 갔다. 안성에서 이름난 의원은 모두 불러 진찰해 보았지만 몸은 좋아지지 않았다. 기침은 더욱 심해졌고 내뱉는 피도 더 많아졌다. 가을도 깊어 겨울이 다가오고 있던 어느 날 바우덕이가 경화 형과 나를 불렀다.

"오라버니들, 이제 더는 어려울 것 같아요. 죽기 전에 꼭 한번 가 보고 싶은 곳이 있는데 저를 좀 데려다주세요."

"누가 죽는단 말이냐!"

경화 형이 소리를 질렀다.

"부탁드려요."

다시 방 안에 가느다란 바우덕이의 목소리가 깔렸다.

"거기가 어딘데…."

경화 형이 어쩔 수 없다는 듯 울먹이며 물었다.

"배나무골요. 들판에 핀 들꽃들을 보며 아버지 어머니 무덤가에서 낮잠 한번 늘어지게 자고 싶어요. 두 분, 그렇게 해 주실 거지요?"

"그래. 열심히 치료해서 내년 봄에 그렇게 하자꾸나."

경화 형이 대답하자 바우덕이가 고개를 흔들었다.

"안 돼요. 오라버니. 그때는 늦어요."

"무슨 소리야. 그런 약한 소리 하지 말라니까."

경화 형이 말하는 사이에도 바우덕이는 힘이 드는지 조용히 눈을 감고 잠 속으로 빠져들었다. 방 안에는 아기 숨소리 같은 가느다란 숨소리만 가득했다. 방문을 조용히 나온 나와 경화 형은 말없이 마루에 걸터앉아 멍하니 하늘만 쳐다보았다.

"선재야, 네가 꼭두쇠 모시고 배나무골에 한번 다녀와야겠다. 그동안 나는 뭘 좀 준비해야겠다. 그래 줄 수 있겠지?"

가슴속에서 슬픔 덩어리가 올라왔다. 무엇을 준비한다는 것이 바우덕이의 장례를 준비한다는 것으로 들렸다. 나는 마지막 고향 나들이를 갈 바우덕이를 부축해 줄 사람을 찾았다. 딸처럼 키워 준 덕만 아주머니가 적당해 보였다. 덕만 아주머니는 흔쾌히 배나무골로 함께 가 주었다.

가는 동안에도 바우덕이는 기침을 심하게 했다. 손수건으로 입을 막아도 기침과 피가 그치지 않았다. 그때마다 바우덕이는 의원이 처방해 준 가루약을 한 숟가락씩 삼켰다. 그러면 잠시 증상이 가라앉았지만 이내 기침과 피가 올라왔다. 그래도 꼭 한번 고향에 다녀와야 한다는 일념이 있어서인지 정신만은 말짱해 보였다.

"오라버니, 이 산만 넘으면 배나무골이지요?"

"그래, 그래. 기침 나오니 말 많이 하지마."

배나무골에 도착하니 옆집에 살던 칠복이 아저씨와 말분 아주머니가 나와 있었다.

"하늘도 무심하시지, 이제 겨우 스물세 살인데…. 아비 어미도 일찍 가더니 바우덕이까지…. "

말을 잇지 못하는 아저씨는 하늘만 보았고, 아주머니는 울음을 와락 터트렸다. 바우덕이는 미소를 머금으며 오히려 그들을 위로했다.

"왜 그러세요. 저는 여한 없이 살았어요. 어머니도 아버지도 그러셨을 거예요."

나는 바우덕이를 등에 업고 뒷산 무덤으로 향했다. 몸이 새털처럼 가벼웠다. 가을 햇살이 따스했다. 함께 올라온 덕만 아주머니가 무덤 옆에 깔 것을 바닥에 폈다. 바우덕이는 몸을 가누지 못하고 누웠다.

"여기 구절초가 예쁘게 피었어요. 산도라지 꽃도 보랏빛으로 피었네요. 오라버니 저기 소국 좀 꺾어다 줄래요? 향기가 너무 좋을 것 같아요."

덕만 아주머니에게 바우덕이를 부탁하고 소국이 무리를 이룬 밭둑으로 달려가 정신없이 맨손으로 밑동을 꺾었다. 금방 한 아름이 되었다. 무덤 앞으로 달려오니 이마에 땀이 송글송글 맺혔다.

"여기 있다. 소국."

나는 바우덕이 가슴 위에 소국을 놓아 주었다.

"향기가 너무 좋아요, 오라버니. 이 국화꽃 향기만 맡고 있으면 기침도 멈추고 폐병도 나을 것 같아요."

"얼마든지 꺾어다 줄 테니, 그렇게 됐으면 좋겠다."

솟아오르는 슬픔을 참을 수가 없었다. 자리에서 일어나 먼 산을 바라보는데 오지 않겠다던 경화 형이 배나무골 입구에 보였다.

"저기, 경화 형이 오고 있어."

"네?"

잠시 동안 떨어져 있었던 것이 아쉬웠는지 바우덕이의 얼굴에는 이내 미소가 번졌다. 기침과 피가 다시 터져 나왔다. 경화 형이 도착해도 기침은 멈추지 않았다. 얼굴이 창백해지는 바우덕이를 보니 상황이 상당히 위급해 보였다.

"이를 어째, 이를 어째."

덕만 아주머니가 안절부절못하자 경화 형은 바우덕이를 자신의 무릎에 조용히 앉혔다. 기침을 심하게 하던 바우덕이가 조용해졌다. 바우덕이는 목이 마른지 입을 자꾸 오물거렸다. 경화 형이 가지고 온 물을 입 속으로 조금 넣어 주었다.

"오라버니. 제가, 제가 죽거든 불당골 우물 근처에 묻어 주세요. 저는 비록 남녀가 차별받고 신분으로 천대받는 세상에서 살다 가지만 죽어 혼백이 되어서는 매일 우물을 찾는 조선의 모든 사람들과 차별 없이 평등하게 만나고 싶어요. 꼭 그렇게 해 주세요."

이 말을 남기고 바우덕이는 눈을 감았다. 이제야 그리워하던 아버지와 어머니를 만난 듯 편안해 보였다. 그러고는 얕은 숨을 거뒀다.

하늘도 슬픔에 북받치는 듯 갑자기 소나기가 내리기 시작하더니 삼일 밤낮으로 비가 내렸다. 불당골 사람들은 깊은 슬픔에 빠졌다. 촌장 덕수 어른은 장례 기간 동안 아예 말문을 닫아 버렸다. 청룡사 스님만 틈틈이 바우덕이 집으로 와서 염불을 하고 돌아갔다.

장례식은 조용하게 치러졌다. 바우덕이의 유언에 따라 조문도 받지 않았다. 불당골 사람들은 그녀의 소원대로 마을 우물 옆에 돌무덤을 작게 만들어 주었다. 갓 만들어 놓은 무덤에는 풀도 나지 않았다. 나는 바우덕이가 좋아하는 들꽃이 많이 자라나 주기를 바라는 마음에서 매일 무덤 주변에 물을 뿌려 주었다. 찔레꽃 넝쿨도 옮겨 심었다. 그러고는 나지막이 기도했다.

'편히 쉬어라, 조선 최고의 꼭두쇠 바우덕아.'

나는 그 다음해부터 공연 나가기 전에 꼭 바우덕이의 무덤에 찾아갔다. 그곳에는 하얀 꽃들이 무리를 지어 피어나고 있었다. 평소 바우덕이가 좋아했던 찔레꽃이었다. 곁에는 할미꽃도 복스

럽게 피어 있었다. 제비꽃, 개망초도 꽃망울을 막 터트리고 있었다. 그 앞에서 바우덕이가 더 이상 신분도 남녀도 차별 없는 천상에서 고개를 내민 채 활짝 웃으며 인사하는 듯했다.

'오라버니, 공연 잘 다녀오세요.'

바우덕이를 통해 우리 민족이 가진
흥과 멋스러움이 전해지길……

    이 책에 나오는 남사당패는 조선 후기 천민층에서 생겨난 '떠돌이 전문 놀이 집단'입니다. 전국 각지를 돌며 다양한 공연을 펼친 '조선 시대 연예인 집단'인 셈입니다. 요즘에는 연예인이 대접을 받지만 당시에는 천민 중의 천민으로 사회적 멸시와 냉대를 받았습니다. 더욱이 조선 시대에는 남존여비(남성을 존귀한 존재로 여기고 여성을 비하함)사상이 두루 퍼져 있었지요.

    이런 사회에서 태어난 바우덕이는 여성의 몸으로 남사당패의 단원으로 들어가 열다섯 살에 남사당패의 우두머리인 꼭두쇠가 되고, 종3품 당상관이란 벼슬까지 하사받았습니다. 놀랍기 그지없는 인물입니다.

    이 글을 쓰며 계급사회가 철저했던 사회에서 어떻게 바우덕이가 전무후무한 존재가 되었는지를 꼼꼼하게 살펴보았습니다.

    거기에는 물론 타고난 재능도 있었지만 주어진 환경에 만족하

지 않고 끊임없이 자신을 개발하는 부단한 노력이 있었다는 사실을 알게 되었습니다.

양반가의 자식으로 태어났지만 집안이 몰락해 천민으로 살게 된 바우덕이는 자신이 처한 어려운 상황을 극복하려 노력했고, 시대를 대표하는 인물이 되었습니다. 아쉽게도 짧은 생을 마감하지만 그녀가 보여준 삶에 대한 집념과 열정은 현재에도 큰 울림이 되고 있습니다.

또 하나 주목할 일이 있습니다. 남사당놀이가 1964년에 우리나라의 중요무형문화재로 지정되었고, 2009년에는 유네스코 세계무형유산으로 등재된 사실입니다. 우리 조상들이 향유했던 놀이문화가 세계적인 가치를 인정받은 셈입니다. 대학시절 동아리 활동을 하면서 풍물패에 몸담았던 경험을 살려 자라나는 청소년들에게 우리 민족이 가진 흥과 멋스러움을 글로나마 전해주고 싶었습니다.

가장 한국적인 것이 가장 세계적이라는 말이 있습니다. 이 책이 널리 읽혀 우리의 조상이 남겨 놓은 유산이 자랑스럽게 세계에 뻗어나가길 기대해 봅니다.

2016년 봄 고양시 꽃우물 서재에서

여태동

1판 1쇄 인쇄 2016년 03월 02일   **1판 1쇄 발행** 2016년 03월 08일

글쓴이 여태동   **그린이** 유시연

펴낸곳 (주)중앙출판사
주소 경기도 파주시 문발동 520-9 2층
펴낸이 이상호
편집책임 한라경   **디자인** 박미림

등록 제406-2012-000034호(2011.7.12.)
구입 문의 031-955-5887   **편집 문의** 031-955-5888   **팩스** 031-955-5889
이메일 master@bookscent.co.kr

ISBN 979-11-86771-06-8 44800
ISBN 978-89-97357-33-8 (세트)